ㄱ

마이노리티시선 45

ㄱ

지은이 ㄱ의 자식들
펴낸이 조정환
책임운영 신은주
편집부 김정연
홍보 김하은

펴낸곳 도서출판 갈무리 등록일 1994. 3. 3. 등록번호 제17-0161호
인쇄 2015년 12월 12일 발행 2015년 12월 15일
종이 화인페이퍼 출력 경운출력 인쇄 예원프린팅
라미네이팅 금성산업 제본 일진제책

주소 서울 마포구 동교로 18길 9-13 [서교동 464-56]
전화 02-325-1485 팩스 02-325-1407
website http://galmuri.co.kr e-mail galmuri94@gmail.com

ISBN 978-89-6195-121-0 04810 / 978-89-86114-26-3 (세트)

값 11,000원

이 도서의 국립중앙도서관 출판시도서목록(CIP)은 서지정보유통지원시스템 홈페이지(http://seoji.nl.go.kr)와 국가자료공동목록시스템(http://www.nl.go.kr/kolisnet)에서 이용하실 수 있습니다. (CIP 제어번호 : CIP2015033771)

ㄱ

ㄱ의 자식들

갈무리

차례

최영식

선우원

김태일

이록현

러브정현러브

한민규

강수경

최영식

으뭉하다

철들다

외롭다

접히다

짠하다

새나가다

뒤바뀌다

다니다

떨궈지다

죽다

으뭉하다

여름 한낮, 바람 한 점 없이 세상은 동작 그만
늘어진 레코드 테이프처럼 나른한 풋잠이 눈꺼풀 위에
내려앉다.

갑자기 귀청을 때리는 아우성, 화들짝 놀라는 정적
매미들이 비상을 건다.

"씨-바… 그 패… 씨이 바- 그 패에— 씨이바 부르르— "
무슨 놈의 구애가 대놓고 노골적인가?
몇 년을 지하에서 수액으로 뭘 했길래
당최 무슨 놈의 세레나데가 불협화음으로 악다구닌가?

쨍쨍한 욕정, 쨍쨍한 햇볕
문득 내 발가락이 한 뼘 햇살 속에서 움찔거린다.
모로 꼬인다.

철들다

꽃이 참 예쁘지,
예쁘니까 눈으로 보는 거야.
꽃이 찰칵하고 내 안으로 들어 왔다.

꽃이 참 예쁘지,
예쁘니까 가만히 만져보는 거야,
꽃이 손끝에 가볍게 머물렀다.

꽃이 참 예쁘지,
예쁘니까 한 송이 꺾어 보자,
꽃이 식탁 위에 동그라니 앉아 있다.

꽃이 참 예쁘지,
예쁘니까 우리 하나 사자,
꽃이 베란다에 종일 서 있다.

식탁 위의 꽃이 먼저 나갔다.
마침내 베란다의 꽃도 나갔다.

꽃은 참 예뻤다.
눈과 손에 느낌은 여전히 그대로 피어 있다.

외롭다

골목 귀퉁이 가로등 세로로 서 있다.
저미는 외로움의 높이 만큼으로, 슬픔만큼의 그림자로
우두커니 서 있다.

등골을 타고 몇 볼트의 절망이 올라와 한 방울 눈물로
밤새 머물러도,
목 꺾은 체 차마 떨어뜨리지 못하는 아픔의 무게를
아무도 눈치채지 못한다.

더러는 종종걸음으로 더러는 비틀거리며 지나칠 뿐…
음각으로 글썽이는 그의 슬픔을 모른다.

새벽을 타고 온 햇살 한 자락이 꺾인 목덜미 다독여
그림자를 덧입혀도
마른 눈물 흔적조차 감춘 채 짐짓 고개를 숙이고 있다.

골목 귀퉁이 가로등 세로로 서 있다.
볼트 너트로 조여진 발등을 내려다보며 숙명처럼 우두커니
서 있다.

접히다

마지막으로 프레스가 트럭에 실려 나갔다. 점.멸.점.멸.
그의 삶도 묶인 끈에 엉켜 질질 끌려가고 있다.
비는 내리고 내뿜는 담배 한 모금에 뿌연 서리가 내린다.
빗방울은 오늘도 사선으로만 들이친다.
누렇게 바랜 고지서, 견적서, 야식 전단, 도면들 위에
굵은 신발 자국들이 지그재그로 소인처럼 찍혀 이리저리
휘몰리고, 뒹굴고, 비는 내리고 -
휙 - 허공으로 새처럼 날아오르는 검은 비닐봉지,
헛바람이라도 불어넣어 날아오르던 그런 때가 있었다.
삶의 무게만큼 휘어진 등뼈, 삶의 밀도만큼 두터워진
손바닥, 삶의 고통만큼 나빠진 시력, 뭉텅이 채 뽑혀나간
머리칼, 지렁이처럼 튀어나온 힘줄, 깊게 팬 이마의 등고선,
퀭한 공간에 그는 〈ㄱ〉자로 접혀 있다.
00 공업사 간판도 비에 젖고, 플라타너스 잎은 이리저리
바람에 내몰리고, 검버섯 같은 각질도 마침내 흔들리고…
비는 점점 세차게 긋고 있다.
물웅덩이에 쓸개즙같이 진한 구리스에서 천연덕스럽게
무지개가 피어나고 있다.
참 지랄 맞다. 멸.멸.멸,점.점.점

짠하다

실업수당을 받으려면 한 달에 한 번 고용지원센터에 구직
활동 면담을 한다. 그동안 뭘 했는지 묻는다.
이곳저곳 방문해서 저 같은 이면지를 재활용하면 안 되나요.
싼값에 아직은 쓸만한데요.
정 마뜩잖으시면 메모지로 쓰셔도 좋고, 엎질러진 커피를
닦을 수도, 불쏘시개로도, 잘 구겨서 집어 던지는 놀이를
하셔도 됩니다. 코를 풀어도 전 괜찮답니다.
회사 인사담당자에게 뭐 이런 얘기 했는데요.
무슨 소리를 하시는 거예요.
자연보호캠페인은 봉사활동이지 구직활동이 아니라니까요.
뒤에 대기자 안 보이세요.
구직활동확인서나 명함 받았으면 그거나 내세요.
내시면 내일 입금됩니다.
돌아오는 길 구로세무서 앞에 걸려 있는 플래카드가
헛웃음 나게 한다.
〈힘내세요. 납세자 여러분, 사랑합니다. 구로세무서 직원 일동〉
실업자 수당 수령자 일동도 납세자 여러분을 사랑한다.
나도 납세자가 되고 싶다. 정말

새나가다

버티칼이 덜컹거린다.
책갈피가 펄럭인다.
나뭇잎파리들이 서걱인다.
창들이 울음 운다.
바람은 간데없고 소리만 있고 움직임만 있다.

느낀다. 간지럽다. 따뜻하다. 차갑다. 부풀어 오른다.
휘몰아친다. 점점 사그라든다.
손을 한껏 벌려 바람을 한 움큼 잡는다.
어느새 손가락 사이로 바람은 사라지고 움켜쥔 주먹만
허공에 머쓱하다.

첫사랑도 그렇다. 움켜쥐는 순간 새어나가고 없다.
기억이 여전히 서랍에만 남아있다.

뒤바뀌다

옷걸이에 옷이 걸려 있다.
옷과 옷 사이, 살과 살 사이
아침부터 늦은 시간까지 몸걸이와 옷걸이로 같이 보냈다.
몸은 침대에서 옷을 올려보고 있다.
옷은 옷걸이에서 흔들리고
몸은 침대에서 뒹굴고 있다.

다니다

너무 멀어 아득한 사이, 너무 가까워 아뜩한 사이
산다는 것은 사이와 사이를 헤집고 다니는 것.
지금도 나는 어느 사이와 사이의 틈으로 걸어 들어가고
어느 사이와 사이의 틈을 빠져나오고 있다.
사이와 사이를 다니고 있다.

떨궈지다

가득 차고 나면 떨어진단다.
그때까지 기다리라고 한다. 분명 떨어질 거라고…
어제도 그제도, 그 전년에도 늘 그랬다.
잔말 말고 꾹 참고 있으라 했다.
그것도 못 참느냐고 했다.

이미 떨궈지고 내동댕이쳐져 있는 데도 말이다.
참 나쁜 단어 "낙수효과"

죽다

주어였던가, 인칭대명사였던가 그랬다.
동사가 붙고 형용사 부사가 따라붙는다.
접속사, 관계대명사 등등이 끊임없이 따라붙어
긴 문장이 만들어진다.

하나씩 따돌린다. 떨어져 나간다.
부사, 형용사, 접속사도 어디론지 사라지고
명사와 동사만 남아 있다.

동사도 슬금슬금 뒷걸음을 치고
마침내 주어인지 명사인지도 잊어버리고
자음과 모음으로 흩어지고, 사라지고
아무것도 없다.

선우원

발렌타인

진주

금은보화

Au Schlusselad

창

주벽

왕래

Carte postale

발렌타인

발렌타인* 새벽이오면
천 벌의 새 옷을 걸치고
만인의 연인이 되려
막을 올린다.

* 발렌타인 : 저자의 부모님들이 남대문시장 렝땅의류 도매상가에서 한때 운영하시던 부스의 상호

진주

딸아 딸아
니가 오면
진주목걸이를 걸어줄게
흙진주를 달아줄게

금은보화

은빛 챙그랑 스테인리스 숟가락이 스무 개
오목한 우물 안에 고인 녹슬지 않는 세상이 반짝인다
금 나와라와라 뚝딱
은 나와라와라 뚝딱

빨주노초파남보쭉쭉 잘 늘어나는 양말이 오십 쪽
옆으로 나란히 누운 모양새가 사이좋다
금 나와라와라 뚝딱
은 나와라와라 뚝딱

새빨간 플라스틱 통속에 탱탱 크림이 백통
부드러운 하얀 속살에 슥 미끄러진다
금 나와라와라 뚝딱
은 나와라와라 뚝딱

수리수리마하수리 요술보따리를 펼치면
금 나와라와라 뚜욱딱
은 나와라와라 뚜욱딱

Au Schlusselad

입구는 별광장 쪽으로 나 있으며 우리 집이 위치한 대로와 뽈리곤 도로 사이에 자리 잡은 브라스리 옆을 지날 때면, 언제나 이른 아침 저기 놓인 탁자에 마주 앉아 함께 커피를 마시던 우리, 왼쪽 자리에서 아침 맥주를 들이키고 있던 노인, 그 옆 신문을 읽고 있던 청년, 일없이 자릴 지키던 주인 부부, 그 외 몇 되지 않던 남자 손님들과 크게 트인 창을 통해 가득 들어오는 아침 햇살로 둥실둥실 떠오르던 그 공간을 몽롱하게 기억해.

폐업하며 두고 간 식물들과 물건들이 수분 없이 빛을 받아 바짝 마르고 바래가며 차곡히 쌓이는 먼지에 서서히 묻혀 조용히 죽어가고 있던 어느 날, 대문에 임대광고가 붙었고 난 앞선 상실감에 사진을 찍어두었어. 마치 그 상이 기억과 같은 허상을 착상시켜 줄 수 있을지 모른다는 기대로….

창

새까만 창문 뒤로 내린 눈물로
하얗게 지워진 세상 건너
손 흔드는 너를 두고
간다 간다 맘을 두고

주벽

휘청, 내가 또 취했구나.
저 복도 끝의 좌변기가 다시 하얀 수련 꽃으로 피어났다.
차갑게 좌변기와 맞닿은 내 엉덩이는 깨어나는데
왜 머리는 더 뜨겁게만 달구어지는지

휘청, 일어나려다 다시 앉아 전화기를 열었다.
발광하는 작은 화면에 눈이 부시고, 마음이 부신다.

지하철에 늘어선 사람들이 손바닥만 한 기계에 코를 박고
온통 시선을 빼앗긴 모습이 우스웠는데,
이제 요것이 이렇게 내 온 정신을 맘을 빼앗아 버렸다.

꼬불꼬불 휘는 손가락을 다잡고 웅성거리는 생각들을
글자로 띄운다.
마치 내일 없는 오늘인 듯이, 이 새벽이 세상 끝이라도
되는 듯이, 그 세상 끝에 새삼스레 혼자라도 된 듯이,
별안간 손 내밀고 기다리는 누군가를 본 듯이…숨차게
저기 어디쯤으로 마음을 내달린다.

그러나 구슬리고 떼를 쓰고 기를 써 보아도

오늘은 그 어느 곳으로도 닿지 못할 모양이다.
한데, 대체 어디로 보내어진 마음인가?
불투명한 대상을 확신하고 있는 난,
역시나 언제나 여전히 취해 있는 것인가?

칭얼칭얼 꼬인 혀를 두르고 부끄럼도 없이 길을 나서려는
나를 목소리도 없는 호통이 멈춰 세운다.
두둥실 춤을 추며 열을 내던 빈 병,
이 순간
뚝!
떨어지는 걸 받아 내려는데 손을 떠나 데굴데굴…
아프다.

왕래

16번지연초록색건물의대문을열고거리에나선후철로가가로지르는곳으로난횡단보도를건너오른쪽으로풀색철창울타리를두고걷기시작하여이삼분후아름드리열여덟그루의플라타너스나무가심어져있는주차장에다달아오른쪽으로방향을돌려걷다가검은유리벽이오른편으로드리워진방향으로길을건너붉은사암벽을정면으로바라보며열한시방향으로걸어나가원형로타리에서왼쪽으로난신호등을건너넓은광장에홀로우뚝솟은성방향으로걸어가강변도로에진입한후해가지면노란가로등불아래매춘부들이하나둘씩자리를잡는가로수길로왼쪽강을건너편단발머리버드나무들을바라보며직진하다오른편우둘투둘한회색빛담이끝나는지점의사거리에서오른쪽건널목을통해길을건넌후왼쪽으로지붕위에모자를쓰고있는크고둥근시계를거쳐검은곡선을지나삼거리에위치한주차장이나올때까지직진한다음그방향으로길을건너진녹색플라스틱의자가놓여진까페앞을지나21번지갈색줄무늬의노란벽옆초록색철문앞에서돌아서다시주차장을가로질러빨간글씨가보이는벽쪽으로걸어나간다음노란간판을거치고고가도로가시작되는지점에놓인건널목을지나초록색창문들을왼쪽건너편으로두고계속직진하다둥근지붕꼭대기의현미경이보이면서나타나는사거리에서정면으로멀리껍질이벗겨진거대한구리빛오렌지를바라보며횡단보도를건넌다음왼쪽으로돌아다시한번신호등을받아건너강변가길을걸어직진하다오른편으로수문을지나쳐다시성이보이는광장을지나면서로타리에서저멀리검은숲이보이는방향으로길을건너고어두운적빛의높은첨탑을뒤로하여오른쪽으로방향을틀어직진하다왼쪽붉게얼룩진담이끝나고여기저기흩뜨러져있는콘크리트섬무리들이보이는작은광장이시작되는지점에서열한시방향으로나아가도시가끝나는지점을알리는경계석이보이는쪽으로차길을건너철망으로둘러쌓인잡초로우거진공터를오른쪽에두고가다끝나는지점에서회색상자를왼쪽으로끼고돌아길고지루한대로로진입하여이삼분직진하다오른쪽횡단보도를건너면정면에16번지연초록색건물대문앞에도착.

Carte postale

기억나?

여기까지 오는 데 오래 걸렸어
아니 그보다 난 결국 여기에 도착할 때까지
기다리고 있었던 것 같아
긴 겨울이 시작되기 전 계절이 참 좋았지
이제 고정된 상(像)안에 소리죽인 우리의 산책길
이제 또 다른 길로 발걸음을 떼어봐
그 이후 난 한 번도 다시 돌아가지 않았어
그사이 넌 떠났지
우리가 어떻게 다시 만날 수 있을지 찾고 있는 거야
여기, 저기 또는 다른 곳에서

앞으로 나아가 문을 밀어봐
나의 기억들을 이동시키며 선을 그어봐
길들과 대로 그리고 동네를
자! 여기 하나의 지도

우리가 알았던 사람들과 마주치고
우리를 바라보았고 그 자리를 지키고 있는

너도밤나무와 플라타너스들
계절에 따라 옷을 갈아입는 진열장들이 있는 곳

이곳저곳에서 난 너를 봐
내 방의 천장 위에서도
한 번 틈새가 열리면
그건 불가사의한 공간을 이어주는 다리에 불과해

때로 난
팔을 치켜들고 왼쪽, 오른쪽으로 흔들어봐

혹 네가 날 볼 수 있지 않을까?

로망스빌레집 뒷언덕에 오르니
호두나무 밑
황소 한 마리

위엄스레 온천지가 제 것이었지
그 일요일 오후
"불쌍한 것" 지나치며 난 중얼거렸어

나 역시
나라 없는 왕과 같아
아침 내내 들꽃 냄새, 신선한 공기를 마셔

마치 이곳이 내 고향인 듯

하지만 난 항상 얘기하지
아주 오랫동안 집에 들어가지 않았다고

늘 자신의 왕국을 만들어야 해
밤과 빛, 눈과 산, 바람과 향기
향수鄕愁, 너 그리고 나마저 모두 다

삐걱거리는 나무 바닥 위로 서성거리다
수리수리마하수리
자!
이 방 중간에 놓인 긴 의자에 앉아 날 기다리는 너를 봐

조금만 기다려
이제 곧 성인들과 귀족들은 안녕
우리가 색깔을 입을 차례야

오늘 학교는 문을 닫고 기차는 떠나지 않을 거야
밤이 새도록 포도주는 마르지 않을 거요,
음식은 줄지 않을 거요
넌 너의 기억을 열고 이야기를 멈추지 않을 거야

젊어서 가난하고 고물상이 되어 큰돈을 모아

이제 집이 열 채라는 삼촌은 안녕하신가?
입을 열면 신세 한탄, 못난이가 연애대장
구청 동전교환원 친구는 어때?

그리고 너
부디 네가 웃길 바라
부디 네가 오길 바라
칙칙폭폭
여행은 계속돼

꾸꾸 친애하는 친구여
바로 여기서 널 기다려
이곳에서 우리 또 만나

김태일

박쥐

귀뚜라미 클럽데이

여우비와 갈비냄새

파도와 엉터리 화가

환생還生

푸른 바다거북을 영결永訣하며

하루만의 이별

오대산

태양의 유효기간

진부령

박쥐

눈앞의 저 어둠
캄캄한 저 어둠
그러나 저건 생명이다.
믿으라
모오든 출구 없는 어둠을!*

* 유하의 「오징어」를 향한 변주

귀뚜라미 클럽데이

새벽이 하늘 언저리에
서성거리는 새벽 다섯 시
불과 10여 분 전까지
귓전을 때리던 귀뚜라미
클럽데이의 터질 듯한
유혹의 노래가
썰물처럼 사라진다.

희뿌해진 하늘 아래
"그만 가자, 해 뜨잖여"
"그랴, 오늘 클럽데이는 쫑난규"
"역시 아침저녁으로 선선한 바람이 불어줘야
클럽이 불타오른다니께"

"저기유, 좀 더 있다 가유. 아직 어둑어둑허니 시간 좀 남았잖유"

미처 구애의 노래,
그 흥을 다 거두지 못한 귀뚜라미 노래를 한다.

"감~마, 꼬셔 봐야 뭐혀?

거시기 할 시간이 없는 거 아니여. 마.
날 샜슈. 가 얼릉"

다들 귀뚤귀뚤 소리 자국만 남긴 채
총총 떠난 자리에 홀로 남아
아직도 여친을·애인을·마누라를
애타게 찾는 귀뚤이 한 마리의 어깨를
동쪽 하늘을 희뿌옇게 밝히던 아침이
다독다독 두드린다.

"오늘 밤에 또 와유. 가을 깊어가는디 워쩔규.
연애의 피는 단풍잎 붉어지드끼 불타는규.
오늘 밤엔 꼭 짝 찾아유. 인지 얼릉 가 눈 좀 부치고 와유"

귀뚜라미 클럽데이가 끝나간다.
불타는 오늘 밤을 예고하듯
동쪽 하늘이 붉게 물든다.
나도 눈 좀 붙여야겠다.

여우비와 갈비냄새

몇 달 가문 끝에 아랫녘에서 올라온다는
태풍 소식과 함께 어스름 새벽에 열어놓은
창문 밖으로 비 듣는 소리가
후두둑 후두둑 내리꽂힌다.

바짝 말랐던 땅이 말랐던 목구멍에
차고 시원한 물이 스며들자
그 땅이 콜록거리며 시큰하고 코가 찡해지는
먼지 내음과 흙내음의 가쁜 숨결을
내뿜는다.

오랜만에 누주룩해진 마음으로
까뭇잠이 들었다.
마음도 잠도 달다.

한숨 자고 일은 창문밖엔
비는
간 곳 없고 흐린 하늘만
민망스럽다.

아랫집 부엌에서 저녁 내
갈비 굽는 연기가 올라오던 밤.
코로 들어온 그 갈비 냄새가
뇌를 녹여내다
결국 침으로 입안에 그득 고이던 밤

아랫집 착한 마나님이
아이 손에 들려 보낸
그 맛 좀 보라는 갈비 몇 쪽이
아래층과 위층 사이의 그깟 열 개 남짓한
계단을 올라오다 연기처럼 펑하고
사라진 기분.

장장 가뭄 끝에 여우비 그친
아침.
나의 마음과 같다.

파도와 엉터리 화가

바닷가에 뙤약볕 아래 파도가 밀려오고 밀려가고
나는 이제 갓 유치원에 들어간 조카딸과
파도를 바라보다 문득
그 모습을
그리고 싶어진다.
바다가 보여주는 저 아름다운 광경을
무딘 손끝으로 그려내고 싶어진다.

모래밭 위에 파도의 물방울과 물거품과
햇빛에 반짝이는 그 날카로운 파도의 정점頂点과
부서져 빛과 함께 공중에서 사라지는 파도의 추락과 죽음을
파도가 오고 가고, 사라지는 온 모양을
시간이라는 무대 위에 펼쳐 놓는 너울과
그 한없는 곡선의 연속을

나는 그리고 또 그린다.

바다가, 아니 달과 해와 이 땅덩이가
만든 파도의 무한한 파동, 떨림을 그릴 수 있다면
이 온갖 있는 것들, 숨 쉬는 것들, 움직이는 것들의

거죽과 살과 그 안에 깃든 뼈와 그 존재의 바탕을
알 것만 같아

나는 그리고 또 그린다.

하나 나는 손끝이 무딘 엉터리 화가.
시시각각 변하는 파도의 그 뒤바뀜을
도저히 따를 도리가 없는 엉터리 화가.

머리를 익혀버릴 듯한 햇볕보다
더 뜨거운 무력감과 분노에
얼굴이 불타오를 때쯤.

지켜보던 조카딸이 말한다.
"삼촌 파도가 자꾸 그림을 지우잖아."
"파도 안 오는 곳에 그리란 말이야."

환생還生

거듭되는 삶의 바퀴 속에서 당신과 나
사랑이라는 이름으로 만나
평생을 같이하고, 다시 이 삶을 떠나
환생할 때
무엇으로 다시 만나리?

인연의 깊고 넓은 끈은
우리가 알지 못하는 곳으로
맺음으로 우리를 이끌지도 모른다.
그리하여 당신과 나
다음 삶에서
"나"는 하얀 은가루 부서지는 파도의 끝자락
그보다 더 하얗게 빛나는 배를 번쩍이며
푸른빛의 등짝을 더 푸른 파도에 비벼대며
목숨을 구하려고 도망치는 고등어 떼 중
한낱 한 마리의 고등어로 환생하고
"당신"은 나를 뒤쫓는 숨 가쁜 동무들의
끽끽거리는 소리를 따라 함께 열을 지어
고등어 떼를 몰아대는 돌고래로 만날지도 모르겠다.

그리하여 또 그다음 삶에서는
"당신"은 조릿대 숲 속에서 숨죽이고 숨었다가
낙엽 소복이 쌓인 산등성이로 목숨 걸고 내빼는
어린 멧도야지로 환생하고
"나"는 그저 타고난 본능에 새겨진 사냥의 습성을 따라
먹지도 않을 새끼 돼지를 쫓다 쫓다 물어 죽이고 마는
산속 깊이깊이 숨어 산다는
화전민의 개로 태어날지도 모르겠다.

혹은 몇 번의 인연과 업보의 언덕을 넘다 보면
"당신"은 문득 하얀 화강암의 덩어리,
풀조차 자라기 녹록지 않을 산등성이에
바위 틈바구니에 간신히 손가락 걸고
뿌리 내리고 뿌리 내린
한 그루 외로운 솔낭구가 되고
"나"는 아무도 찾지 않는 당신을
어느 계절에도 거르지 않고 찾아 주는,
그리하여 당신을 어루만지고 달래고
때론 거칠게 부여안는
골바람 뫼 바람이 될지도 모르겠다.

나와 당신이 어떤 모습으로 다시 만나든
해탈은 꿈에서조차 꿈꾸지 않으리니
영원히 이어진다는 윤회의 바퀴 아래

우리가 어떤 맺음으로 찌그러져도
한 삶이 끝나고 다음 삶이 이어질 때
꼭 다시 만날 것을 바란다.
나무 "당신과 나"*

* 나무관세음보살 : 관세음보살에게 돌아가 의지하리라.
나무 "당신과 나" : 그러나 나는 구원도 극락도 바라지 않는다. 오직"당신과 나"의 맺음만이 나에게 해탈이며 열반이니.

푸른 바다거북을 영결永訣하며

수족관에서나 만나 본
가끔 TV 속 다큐멘터리에서나 얼굴을 본 적 있는
푸른 바다거북을 영결한다.
이제 얼마 남지 않은 그들의 삶을
영결한다.

동물계 척삭 동물문 파충류가 거북목 바다거북과
푸른 바다거북을 조문한다.
2억 년 전 번성했던 한 족속의 마지막을
조문한다.

유라시아 대륙과 북미가 한 덩어리로 엉겨 있던
곤드와나의 아침부터
대서양의 탄생을 처음으로 목격했던,
그 느닷없는 대륙이동의 대낮을 거쳤던,
수많은 동족이 모두 사라져버린
백악기의 대재앙조차 넘어섰던,
한 번도 꺾이지 않았던 일족이었던,
푸른 바다거북

인간이라는 포유류가 별미라 칭하며
그들을 사냥하기 시작했다.
그들의 살을 발라 남김없이 먹어치우고
다음 대를 이을 마지막 알 하나까지
모두 파헤쳐져 인간의 배를 채우고
그 등껍질까지 팔찌와 안경테와 온갖
치장할 것들을 만들었다.

이제 바다의 큰 무대에서, 지구라는 바탕에서
푸른 바다거북은 퇴장하려 한다.
내가 다큐멘터리에서 보았던
그 수많은 어미 거북들의 산란행렬도,
눈물을 흘리며 새끼들의 앞날을 걱정하던
어미 거북들의 모습도 이젠 볼 수 없다.
지금 그들은 어떤 항변도 하소연도
넋두리도 못 한 채 떠난다.

만일 내일 문득 저 먼 별 어느 곳에선가
낯선 손님이 찾아와
인간을 몹시나 맛난 별미로 여겨
우리의 살을 발라 맛나게 드시고,
남은 뼈를 모아 국을 끓여 드시고
공포에 질려 도망치는 우리의 아이들이 숨은
그 바위 틈바구니, 숨죽인 나무그늘까지

샅샅이 뒤져 모두 모두 잡아드신다면
그러고 나서는 인간의 가죽만큼 연한 게 없다며
우리 가죽을 벗겨 지갑에 벨트에 가방에 모자 등속을
만들어 기분 좋게 들고 다니신다면

우리는 어떤 근거와 이유를 들어
인간이라는 종이 멸종에 처한 슬픔과 부당함과 억울함을
이 우주에게, 자연에게,
우리가 멸종시킨 그 수많은 삶들에게,
우리 반대편에 우리를 지탄하기 위해
줄을 선 수많은 생명에게
감히 항변할 수 있을까?

하루만의 이별

잠든 아내의 반쯤 펴진 손바닥을 쓸어 본다.
그 부드럽고 통통한 손가락을 만져 본다.
당신과 보낸 20여 년이 풋잠에서 꾼 봄날 무지개 꿈같다.
아마 앞으로 30년쯤 더 같이 살다 이번 생에서 마지막으로
당신과 이별하는 날
나는 이렇게 말하겠지.

어스름 새벽에 스치듯 만나
어느새 손을 잡은 사랑으로
아침을 맞고 얼굴 위의 솜털 한 가닥마저
파르르 기쁨에 떨게 하는 맑은 하늘.

흰 구름의 아침나절을 함께 보내고
장난처럼 골목과 시장통을 돌아
초등학생 군것질거리 찾듯
이것저것 사 먹어 보고 맛도 보고

우연히 들어선 막국숫집 얼음 동동 띄운
막국수도 한 그릇 먹고
햇볕 따가운 오후 나무그늘 아래

고즈넉한 평상
함께 누워 조잘대다 까무룩 낮잠도 자고

한풀 꺾인 햇살 아래
펼쳐 놓은 길가 카페의 서늘한 차양 밑에서
쓰디쓰지만 고소하고 새콤한
아이스 아메리카노를 마시며
마주보고 마주보고
어느덧 해가 뉘엿뉘엿 져
밤이 잰걸음으로
다가오면

이젠 이별인가 느끼며
하루만의 이별을 아쉬워할 것이다.

여보, 오늘 하루 너무 즐거웠어.
내일 또 만나 한평생 즐겁게 놀자.

그럼 잘 자. 안녕.

오대산

인적도 끊긴 새벽 캄캄한 어둠 속에
옆에 누운 아내의 숨소리만 새근거린다.
훤한 낮 동안엔 궁금증을 참느라 애쓰던
산이 그 긴 산 그림자의 손길을
새벽의 푸른 안개
같은 어둠 속으로 쭉 내밀어
내가 잠든 이 집 마당까지
내려온다.

잠든 사람들은 느끼지 못하는 그 인기척에
수정 유리알 같은 개울 건너 푸른 기와집
두 마리 개가 짖고
개 짖는 소리에 놀란 산 그림자가
손길을 휘젓는
서슬에
낑낑대며 움츠러들던 개들이
다시 짖고
아내의 잠은 여전히 깊은데

그 고요한 난장판.

악다구니가
한줄기 가을바람인 듯 불어

늦은 8월 노랗게 익어가던
산돌배 하나
뚝 하고 떨어져 데그르르 구르는 새벽

태양의 유효기간

굴참나무 단단한 장작을 불태운다.
굴참나무는 지구가 태양 주위를
몇십 번 뜀박질하는 동안
쌓고 또 쌓은 자기 안의 태양 빛을
흰 연기가 걷히자 뿜어낸다.
굴참나무가 어느새 제 어미인 태양을 닮아
타오르는 태양이 된다.

내 안의 태양은 얼마나 유효기간이 남았느냐?

진부령

백두대간의 허리춤 어름에
너무 오랜 세월 동안 앉아 있어
그 무엇도 새로울 것 없는 고개가 있다.

그 고개를 넘으며 피식 웃는다.

“진부령”

이록현

오래된 납득

만물의 걸음걸이

여섯 개의 사물시

구원

익사

39

공깃돌

떨구는 시간

오늘

녹색 해변

장애자

다채로운 틀

오래된 납득

톱에 비해
오래 자라온 나무가
그 톱으로 잘리는 건
내가 봐도 억울하다
자주 잘라주는 손톱이
덜 아까운 건
손가락에 비해
손톱은 오래 자라오지
않았다고 믿어서 일게다

만물의 걸음걸이

우리는 (모두는 아니다)
가끔 조용한 보행자들을
바라보는 기회를 갖곤 하는데
보폭이 너무 크거나 오히려 너무 작아
또는 걸음이 내는 소리가
너무 크거나 너무 작아
주의를 기울인 이들조차
보행자들이 지나간 방향을
가늠하지 못할 때가 많다
그렇다손 치더라도
조용한 보행자들의 여정을
걱정하는 이들은 아무도 없다
어디로 가야 할지 모르는 얼굴로
남의 속으로 들어가지 않는 육신으로
행렬을 기다리는 거냐고
세계에 있는 모든 너*에게
묻고 싶어 하는 이들이
땅을 뒤채고 있을 뿐이다

* 마르틴 부버(Martin Buber, 1878~1965)의 저서 『나와 너』(*Ich und Du*)에서 : 세계에 있는 모든 '너'는 그 본질상 우리에게 대하여 사물이 되거나 아니면 다시 물성으로 돌아가지 않을 수 없는 것이다.

여섯 개의 사물시

사물시 1. 종이
종이를 제일 많이 만지는 이는 할머니들이다.

사물시 2. 시집
알기 쉬운 길이를 가졌다고 믿게 해준다.

사물시 3. 테이블
올라타고 싶다
하지만 티 테이블처럼 낮은 테이블만 있는 건 아니다.

사물시 4. 서랍
모두가 잘살고 있음이 주는 안도를 배우게 해준다.

사물시 5. 화분
키우고 있는 것은 우리가 전혀 모르는 것일 때가 많다.

사물시 6. 포크레인
심성이 순한 짐승으로 오인되어
뭇 짐승들과 빨리 친해질 가능성이 있다.

구원

엄마 엄마
누가 예수님을 십자가에 못 박은 거야

……

응 엄마 응

……

엄마아아

……

그게 사람들이……
됐지 쉿 조용히 하자

……

……

아! 공사하는 사람들이?

……

익사

웃는 애기 옆에
우는 애기를 갖다 놓으면
웃던 애기가 따라 울었다
옛날에는

39

벌써 웃음을 숨기지 못하는 H
그렇게 잠시 기다리던 H는
웃어야 할 때를 모르는 사람 보듯 한다
나는 누가 먼저 웃어버린 웃음을 두고
나를 세우려 하지 않는 사람이다
항상 이렇진 않다는 얘기다
많은 다른 이야기들에선 데구루루 구르기도 하니까
예를 들면 이런 이야기

혁명

너는 한때 장미 나무를
가진 아이였다
그것도 하얀 장미 나무를
붉은 장미를 책에서 배우기도 전에

흰빛에서 나리라곤
생각지도 못한 매움의 향을
처음 배우고
여러 겹의 빰을 쓸어보다

잎 아래 가시로
각인을 배웠다

까마득한 저 건너편엔
흰 낮으로 붉은 향을 뿜던 나무와
무릎으로 빨간 맥을 뛰었던 네가
함께 서 있다

라는 이야기

공깃돌

돌 같은 혹들이었다고 했다 몸에 붙어 있을 때는 혹이었지만 떼어져 나온 이상 이젠 돌이라 불러도 될 것 같다 그것도 무게조차 못 느꼈던 돌들이었기에 공깃돌이라고 불러야겠다 난 얼마나 많은 것에 제 무게를 달아주지 못해 이런 돌들을 키운 것일까 떨어져 나와서야 비로소 무게를 가지게 된 돌들을 오래전 먼지를 재워가며 던졌다 잡아챈 그 공깃돌들이라 부를 수 없다는 건 안다 하지만 이 돌들 역시 한 번쯤은 희디흰 해 아래서 던져지고 놀려지고 싶었을지도 모른다 쏘아지는 눈빛들 가운데서 한번 반짝 몸으로 가르는 선들을 갖고 싶어 했을지도 모른다 난 다음 고개로 갈 수 있을 것이다 손안에 방금 잡혀 든 돌들이 사소하게 던져질 순 있어도 넘어질 것은 아니라고 말해주었기에

떨구는 시간

꼬옥 쥐고 있던 흙덩이를 놓았더니
그대로 쥐며느리가 되어서
머리를 매만지기만 했다
세상없는 공들임에 두근거리며
인사를 건넸더니
저녁상을 봐야 한다며 바삐 가버렸다
나는 쥐가 부러웠다
꺼지듯이 잠긴 발목을 보고서야
모두가 문을 닫아거는 시간임을 알았다
빈손이 주먹을 우겨 쥐면 작게 중얼거림이
들려온다 빈손이 주먹을 웃겨준 것이다
마지막으로 들었던 적이 어젠 아니었으면 했다
수리부엉이 새끼는
걸어서 둥지를 떠난다고 한다
나도 뒤돌아 그곳을 떠났다
토마토를 처음 먹었을 때 느꼈던
그 느낌이 들었다
짠맛과 단맛에 어쩔 줄 몰랐던
온 세상이 거울이 되는 시간

오늘

두 번 다시 찾아오지 않을 아름다움에 대해
당신과 얘기해볼까요
아니면 두 번 생각기도 싫은 질투에 대해
당신과 모의할까요
소포지 앞의 화분처럼 불안하다면서요
그럼 이리 와 이리 와서 같이 울어요
저길 보세요 저게 뛰어오를 때를 맞춰
훌쩍! 이는 거예요
그럼 아무도 모를 거예요
높아진 것이 잘 보이는 거잖아요
내일은 우리 다리 아래로 가요
그곳에선 뛰어도 내려가는 선들을
운이 좋으면 계속 볼 수가 있어요
다만 소리는 죽여야 해요
우리 둘만 계속 있으려면요

사랑해요

당신과 함께

녹색 해변

언제부터
무슨 이유로
언제까지
이런 등등의
역시나 모든 것은
시간과 결부된 질문들이다
그런데도 결과라는 건
언제나 나의 선택이었다니
그 세세한 우연과 착각 들뜬 악의에
어떻게 동의할 수 있을까
그저 모든 것은 녹색 해변이다
사방을 둘러보는 데 걸리는 시간은 찰나지만
파도의 높이를 재면서 온 곳을 가늠하는 것은
도무지 요원할 뿐인 그런 녹색 해변
너무나도 늙어버린 물이
끝없이 기원을 숨기고 뒤섞어 버리는 곳 녹색 해변
두 방울의 물이 영원히 헤어지는 곳

장애자

입을 벌쭉 벌쭉 벌리지 않으면
팔이 자꾸 몸에서 떨어져 나가려고 하는
사람을 내게 맡겼다
입을 다물게 하면 팔이
팔을 단단히 붙여두고 주의를 시키면
어느새 입이
팔을 대신해 벌떡거린다
뗄 수 없는 둘의 연결 반응 중
내게 그를 맡긴 사람은
입을 다물고 있는 게 더 나아 보이잖아요
입을 못 벌리게 계속 연습시키세요 라고 재차 일러주고 간다
마치 손댈 단 한 곳만을 남겨둔 조각가의 눈빛을 하고서
자 쉿 쉬이 나는 입을 다물게 하면서 말해주었다
이렇게 100에서 하나씩 빼 나갈 거예요

다채로운 틀

다채로운 틀이란
얼마나 완벽한가
다채로운 틀의 역사
다채로운 틀의 식사
다채로운 틀의 사랑
다채로운……

다채로움이 틀에게 말했다
난 우리 둘을 키울 수 없어
아니 당신은 우리 둘을 키울 수 없어

오 아니 아니 키울수록 알게 될 거야
마치 복잡한 패턴의 예쁜 원피스처럼
결국은 걸려있게 된다는 것을
이라고 틀이 말했다

러브정현러브

가을나비

수천 쌍의 가을나비들이 도시에 내려앉는 계절의 오후
황급히 달려가던 기계들은
가을 신호에 멈추고
노란 나비의 날개 속에 파묻혀 눈을 감는다
토독 토독 시간이 가끔 내려서
더 한적한 가을
나비들은 젖은 날개로 한들한들 숨 쉬면서
하늘로 쌓은 계단을 오르고 있다
나비들이 날아오르는 찬란한 순간
비와 비 사이 열린 틈으로 봄바람이 분다

시간도둑

소독차가 하얀 연기를 뿌리고 지나간 거리에 안개가 낀다
소년은 비행기처럼 빠르게 앞으로 나가지만
또다시 하얀 구름 속으로 들어갈 뿐이다
심장이 파르르 떨린다
공기가 두꺼운 입김을 뿜어내는 날씨에 조금 겁을 먹었지만
소년에겐 시간이 넉넉하게 남아있다
이제 가장 높은 언덕을 다 올랐나 보다
뒤돌아보니 걸쭉한 크림스프가 거리에 넘쳐 흐르면서
따뜻한 김을 올리고 있다
편안한 기분에 네비고글을 머리 위로 올리고
안개의 강이 흐르는 도시를 바라본다
포근하면서 외로운 기분이 든다
저 멀리 은빛 점 하나 반짝인다
점은 금세 줄로 길게 솟아올라 안개를 가르고 있다
우윳빛 치즈케익을 자르는 은칼은 빠르게 움직인다
배가 고픈 것일까
은빛 줄은 안개의 파도가 치는 도시의 하얀 바다를
가르는 작은 배가 되어 달리고 있다
이제 줄은 삼각형으로 날렵해져서 쉴 새 없이
솜사탕 기계에서 풀리고 있는 안개를 헤치고 온다

달콤한 안개 때문에 소년은 끈적한 공포의 맛을 본다
'혹시 브루스가 장난을 치고 있는 걸지도 모르지.'
소년은 경쾌해져서 가볍게 손을 흔들었다
순간 손가락을 튕기는 '딱' 소리가 났고
소년은 빈 팔을 흔들고 있는 어깨를 보았다
피 붉은 피가 쏟아지는 아래로 거대한 상어가 소년의 팔을
물고서 안개속으로 들어가고 있다

"깨어나세요."
목소리에 눈을 뜬다. 손가락을 움직인다. 팔을 만져본다.
모두 그대로 있다
"휴, 꿈이구나."
휘청대며 일어나서 소년은 거울을 본다
'이건 누구지 ?'
거울 속에는 낯설고 익숙한 남자가 있다. 40대로 보이는.

시간 사냥꾼은 사막도로에서 시간도둑을 기다리고 있다.
붉은 거미가 초저녁에 만든 거미줄을 꼬아서 도로를
가로지른 후 팽팽하게 당겨 놓았다.
달이 지자 안개를 따라 도로를
질주하던 상어가 걸려들었다.
거미줄에 입이 걸린 상어는 켁 !
소년의 팔을 토한다.
시간 사냥꾼은 낡은 트럭에 시동을 걸고 날아오른다.

시간도둑

시간도둑은 잠들어 있다
터질 듯 출렁이는 시간 사냥꾼의 심장처럼
거친 숨소리를 뱉는 낡은 트럭도 곧 잠들 것이다
그 전에 화산에 도착할 수 있을까?
생각만으로도 뜨겁고 입맛이 텁텁하다
재와 연기만 들이켜 온 녀석도 불맛에 뜨겁게 숨이 마르겠지
옆좌석의 시고 붉은 자두, 자두라고 속삭인다
시간 사냥꾼도 침을 삼킨다

트럭은 곧 죽을 것처럼 그르렁대면서도 달려준다
이미 화산연기 속으로 들어와서 눈앞에는
검은 공기만 뭉실대고 있다
시간 사냥꾼을 시간의 빛 속으로 데려갈
융단상어가 바로 저 속에 있다
녀석은 화산의 붉은 심장에서 헤엄치고 있다
시간사냥꾼은 고글을 내린다
투명한 낚싯바늘에 자두를 꿥고 향기증폭 스위치를 올린다
낚싯줄이 풀리는 향긋한 소리
자두 향을 맡은 녀석의 입속에선
불에 구워진 침샘이 터질 것이다

시간 사냥꾼은 빨간 자두를 덥석 물어!
달고 신 즙이 입가에 흐르도록 씹는다 순간
위잉위잉 낚싯줄 감기는 소리

화려한 문양의 세라믹 매끈하게 반짝이는 융단상어 등에
시간도둑과 팔을 단단히 묶고 날아오른다
융단상어는 날카로운 이빨을 딱딱대며 신경질을 내지만
자두를 던져주자
공기까지 빨아들이며 달콤하게 떠오른다

곧 화산이 터질 것이다
무거운 화산재를 쓰고
회색 연기와 검은 구름 속에 뜨겁게 타는 물이
왈칵
솟구칠 걸 알면서도 빠르게 더욱 빠르게
화산 속으로 들어간다
드디어 화산폭발이 시작되고
시커먼 화산재 기둥이 불끈 솟아 하늘까지 닿는다
화사한 번개가 신경처럼 반짝이며 어둠 속에 퍼진다
와자작 갓 태어난 번개들이 시커먼 기둥 안에
빛나는 혈관들을 만들고 있다
번개의 신경들이 뜨거운 시간의 길을 열고 있다
번쩍이는 길을 타고
시간 사냥꾼이 날아드는 순간

천둥소리에 놀란 시간도둑이 번개처럼
사냥꾼의 팔을 깨문다
꽈지직

“깨어나세요.”
목소리에 눈을 뜬다. 손가락을 움직인다
팔을 만져본다. 모두 그대로 있다
“휴, 꿈이구나.”
휘청대며 일어나서 시간 사냥꾼은 거울을 본다
“이건?”
거울 속에는 낯설고 익숙한 소년이 있다
꿈속에서 보았던 모습 그대로

석정리집

아무도 보지 못한다는 그믐밤에는
달님이 새끼를 낳는다는 이야기
눈앞에 손가락을 가져가 아무리 눈을 껌뻑거려도
아무것도 보이지 않는 꿈속 같은 밤 할머니 손을 잡고서
휘적휘적 치마폭 속에서 날고 있는 건지
알 수 없는 자갈 밟는 발소리만 쩌렁쩌렁 울리는
석정리 고갯길을 훠이훠이 넘어간다
할머니 시집 온 새댁시절엔 여우가족이 기다리는 고갯길이라
서너 명이 함께 부싯돌을 튕기면서 넘던 석정리 고개
윗말 처녀 한 명이 초저녁에 고개 넘다가 여우에게 홀려
아침에 겨우 도망쳤다는 그 고개 밑의 석정리집

일산에서 배를 타고 시집 온 석정리 할머니
아들딸 열을 낳고 둘은 어려서 잃고
아침 냉수 마시고 저세상 간 영감 덕에
엄마 따라 과부 된 석정리 할머니는
힘이 세고 살이 하얗고 이야기를 좋아해
서른 명이 넘는 손주들 밥해 먹이고 석 달씩 놀다가는
고모할머니들 곰방대에 담뱃가루 이겨주면서
간밤에 도깨비불이 앞마당까지 왔었다는 이야기

큰말 산골 할매는 고양이를 잡아먹는다는 이야기

나는 동치미에 무설기를 먹으며
큰말에 있다는 구신집에 있는 듯이
석정리집 할머니
어렸을 적 무당 말이 고생하면 오래 살고
편히 살면 쉬 죽는다
어린 할머니 손금 보며 들려주었다고
도깨비에게는 꼭 돈을 꿔줘야
밤마다 도깨비가 돈 갚으러 찾아와 부자가 되고
도깨비에게 돈을 꾸면 밤마다 받으러 와서
일찍 죽으니 메밀묵을 주며 달래라는 이야기
한 번도 본 적 없는 아버지를 꿈에서 만난다고 무서워서
열심히 공소 다니며 노래하는

언제나 아랫목에 누워있는 저녁때면
무릎이 아프다며 죽기 전에 주물러달라던 석정리집 할머니
할머니라서 곧 죽는다 생각하면 슬퍼졌다

새벽에 일어나 군불을 때고
아침 점심 바람결에 해치우고 맑은 물 똑똑 떨어지게
그릇 엎어놓고서는 산밭에 훌쩍 올라가 밭을 매며
나물을 뜯고 호박꼬지며 무말랭이 까만 콩 도토리 참깻단을
햇빛에 말리고 터는 할머니의 손끝에서

나는 벌써 호박떡이며 순두부 호박콩범벅 도토리묵을 생각하고
아직 멀은 할아버지들 제사와 시루떡 메밀묵과 동치미 냉면까지도 그리워한다

발갛게 타오르는 아궁이 앞에서
토끼털을 뜯는 할머니 옆에 앉아
꼬박꼬박 졸다가 범벅이 먹고 싶다는 내 말에
끼니마다 죽 찾는 시어머니 식성에 밥도 하고 죽도 쑤다
이제 겨우 놓여났더니 오늘 다시
시어머니와 입맛 닮은 손주년을 만났구나 웃으시는 것도
석정리집에 놀러 가서
계피향 나는 수정과에 꿀 같은 곶감을 먹으며 좋아라고
밤새 무를 깎으며 옛날이야기를 하시는 석정리집 할머니와
함께 있는 겨울밤은 끝나지 않을 것만 같아 설레다가였다*

* 백석에게 가즈랑집 할머니가 있다면 내게는 석정리집 할머니가 있지.

콧수염

무겁고 더운 공기에 갇힌 여름밤
맥주마저 금세 미지근해져서 신선할 것 없는 표정으로
한 잔 더 멍해질 때
친구 놈은 콧수염을 기르고 나타났다

내가 어디서 오는지 맞혀보게
ㅅ털 숲에서 오는 건가？
하하하 역시 벌써 효과가 있군
엊그제 죽은 코미디언의 장례식장에서 오는 길이야
밤새도록 카드를 쳤지
정말 운이 붙더군
내가 판을 다 쓸었어
그런데 그 죽은 코미디언의 가족 돈이 없어
장례비를 꿔야 한다는 소릴 들었지
기분 좋게 딴 돈을 내놓자 가족들이 내게 이걸 주더군
코미디언이 가장 웃길 때 쓰던 콧수염이라고 어떤가？

내가 늘 노잼노땅이라고
학생들이 놀려대잖아
이제부턴 이 콧수염을 붙이고

고양이라도 다 웃길테야
하하하 고양이는 잼도 냐옹
노잼도 냐옹인데
냐옹과 냐옹야옹을 구분할 텐가
하하하
벌써 효과가 만점이군

다음날부터 콧수염 아래 입에서는 재미와 위트가
방울방울 맺히더니
농담과 역설의 냇물이 흐르고
작은 이야기의 강이 넘쳐
콧수염을 단 입을 놀리는 곳에 웃음이 쉬지 않고 파도쳤다

어제는 피곤해서 콧수염을 떼는 것도 잊고 잠들었다네
밤새도록 꿈속에서 재밌는 얘기들을 떠들었지
아침에 눈을 뜨니 술집 주인이 밤새도록 재밌었다며
오늘 밤도 오라고 인사를 하더군
술에 취해 꿈을 꿨나 봐

콧수염은 나날이 더 검고 부드러워지고 윤기가 실려
친구ㅁ은 콧수염을 매만지고 쓰다듬으며 꼭 붙이고 다녔다
그는 이제 사람들 사이에서 빛나는 주인공이었고
젊고 아름다운 여자들을 웃게 하는 재간둥이였으며
늙고 시무룩한 인생들을 밝혀주는

기쁨의 찬란한 LED간판으로
2미터 거인도 단숨에 쓰러지게 웃겨주는 막강 파이터였다

또 꿈을 꾸었네
그리고 다시 사람들 사이에서 깨어났지
자네 요즘 집에는 들어가나?
잠은 좀 자나?
사실 콧수염을 뗄 수가 없네
잠시라도 콧수염을 떼면 내 인생은 풀이 죽고 어두워져
즐겁지 않은 시간은 견딜 수가 없어
컴컴한 침묵의 잠은 내게 죽음처럼 느껴진다네

친구ㅁ을 마지막으로 본 밤이었다
휘황찬란한 여름밤
아름다운 사람들 늙은 사람들 평범한 사람들
모두가 그를 에워싸고
빛나는 밤하늘 같은 검은 콧수염 아래로 터지는
웃음의 폭죽에 환호하는 축제 속에서
밤새도록 그는 이야기하고 또 말했다
마침내 마지막 공기 한숨까지 웃겼고
그는 쓰러졌다

친구ㅁ의 장례식에는 많은 사람이 왔다
그가 얼마나 재미있었는지

하도 웃겨서 얼마나 아팠는지
몇 명이나 웃다가 쓰러졌는지
서로 겨루며 사람들은 웃고 또 웃었다
친구ㅁ은 이제
엊그제 죽은 유명한 코미디언이었고
그가 죽음처럼 느껴진다는
컴컴한 침묵의 잠이 들었다

꼭 다물어진 그의 입 위에서
검은 콧수염이 스륵 떨어졌다

소나기 한 잔

투명하고 화사한 유리온실 뜨거운 여름에 갇혀
서서히 숨 막히는 8월의 오후
구름은 갑자기 어두운 공기를 불어넣은 냉장고에서
소나기 맥주 한 병 꺼내
퐁! 경쾌하게 뚜껑 따고
시원하게 한 잔 붓는다
유리온실에 동그랗게 달라붙는 빗방울들이 점점 커지고
바삭한 과자봉지를 뜯는 천둥소리에 놀란 나는
맥주 거품들이 흘러넘치는 거리로 튀어나가다
멈칫 갇힌다
비와 비 사이
ㅣㅣㅣㅣㅣㅣ .. ㅣㅣ . ㅣ . ㅣㅣㅣ . ㅣㅣㅣㅣ
ㅣㅣ ... ㅣ ..... ㅣ ...... ㅣ ...... ㅣ
비와 비 사이
소나기가 문을 열어주는 시간
한 잔과 또 한 잔 사이로 달린다
소나기가 튀기는 고소한 팝콘소리 맡으며
팔꿈치를 따라 흐르는 여름의 맥주
소나기는 숨 막히는 온실문을 열고 뿌연 유리창에
톡 터지는 물방울들을 가볍게 불어넣는다

입술에 남은 하얀 거품은 혀로 핥아 맛보는
시원하고 짭짤한 소나기 맥주
여기 한 잔 더 !

우기

파도가 크게 쳐서 달까지 닿았던 날
초승달은 깜짝 놀라 강에 퐁당 발이 빠졌다
그날 밤, 장어가 강에서 태어났다
달콤한 강물을 마시면서 장어는 몸이 한 뼘씩 자랐다
강의 진흙은 아기장어를 부드럽게 쓰다듬고 간지럽혔고
장어는 미끄러워서 웃음이 났다
장난꾸러기로 자란 장어는 이제
친구들과 바다로 갔다
몸이 부쩍 자랐고
더 많은 친구를 만나 더 크게 자라고 싶었다
큰 바다에서 짠물을 마실 때마다
장어는 파도를 타고 몸이 자랐다
바다에서 태어난 시원한 태풍은
장어를 들었다 놨다 들었다 던지며
공중그네도 태워주고
별구경도 시켜주고
신나게 놀아주었다
장어는 문어와 포옹하고
상어와 얘기하고
고래와 숨 쉬면서

해초 숲에서 잠을 잤다
장어는 이제 부쩍 자라서 꼬리로 흰 파도도 만들고
웃을 때면 물거품으로 노래도 불렀다
장어의 노래가 달까지 닿으면 퐁 터졌고
반짝이며 쏟아지는 노래가루를 새우들이 먹었다
장어는 부쩍부쩍 커지고 힘이 세져서
어른이 된 느낌이었다
다 자란 장어는 자기를 안아주었던 강이 그리웠다
매끄러운 강물의 품에 안겨서 빙그르르 돌고
다시 쏘옥 안기고 싶어졌다
장어는 그날 밤 강으로 돌아갔다

강물은 여전히 달콤하고 진흙은 부드러워서
장어는 미끈하게 강의 품에 안겼다
강은 장어에게 꼬옥 맞았고
둘은 몇 년 동안 껴안고 또 안고 입맞춤을 했다
어느 해 여름 장어는 너무 더워서 잠에서 깼다
온몸이 따가웠고 뜨거웠다
강물은 말랐고 장어의 몸도 마르고 갈라졌다
장어는 빙글빙글 돌며 진흙을 바르려고 했지만
먼지만 일어났다
장어는 화가 나서 다시 바다로 가려고 했다
그런데 장어가 강이 되었고 강은 몸에 꽉 맞아서
충분한 강물과 미끈한 진흙 없이는

몸을 흔들 수도 앞으로 나갈 수도 없었다
사람들은 길고 긴 강이
한 마리 길고 긴 장어였다는 걸 알고는
마른 장어에게 물을 조금씩 뿌려주었다
덕분에 장어는 말라죽지 않았다
장어는 아파서 울었다
강에 끼어 갑갑해서 울었다
태양이 뜨면 죽을까 무서워서 울었다
장어의 울음소리는 달까지 닿아 퐁 터졌고
반짝이며 바다로 쏟아졌다
새우들이 울음가루를 먹고는 장어의 슬픔을 알게 됐다
고래와 상어 해초 숲도 소식을 들었다
바다 친구들은 파도와 물거품을 모아 태풍을 불러냈다
빙글빙글 돌며 신나게 태풍은 날아가서
강 위에 차갑고 거센 빗줄기를 쏟아냈다
강물이 넘치자 장어는 숨을 크게 쉬며
시원하게 젖은 온몸을 돌렸다
살아났어
헤엄치고 움직인다 흔들흔들
아 살아났어
다시 강과 포옹하며 장어는 행복했다
태풍은 신이 났다
예전처럼 장어를 신나게 해주려고
더 거센 비바람을 뿌렸다

장어도 오랜만에 꼬리로 물장구를 치며
철퍽철퍽 뛰어올랐다
강물이 왈칵 넘치면서 도시로 논밭으로 흘렀다
사람들은 깜짝 놀라 배와 문짝 지붕을 타고 도망쳤다
아이들은 울고 추워서 떨었다
장어와 강은 잠시 헤어지기로 했다
강물이 넘치고 미끈한 진흙이 불어날 때
헤엄쳐서 바다로 가야 했다
슬펐지만 울 수가 없었다
장어가 눈물을 흘리면 도시가 눈물에 잠겨
사람들이 더 멀리 도망쳐야 하니까
장어와 강은 삼 년에 한 번만 만나자고 약속했다
태풍이 오고 큰비가 오면 장어의 몸이 더 커지더라도
강의 품에 쏘옥 안길 수 있으니까
만나러 오겠다고 웃으면서 떠났다

사람들은 이제 집을 배에다 달고 산다
장어와 강은 서로를 그리워해서
삼 년까지 기다리지 못하고
이 년에 세 번 일 년에 두 번도 만났다
즐거워진 장어가 꼬리를 조심스레 칠 때마다
강에 파도가 쳤고 강물이 넘고 물고기가 넘쳤다
사람들은 배가 끄는 집에서 물고기를 먹었고
밤이면 장어와 강이 사랑하는 소리를 들으며 잠이 들었다

웃음은 나의 힘

아주 오랜 시간이 흐른 뒤에
힘없는 구멍은 웃음이 새어 나오려
그때 내 괄약근은 너무 세게 힘을 주고 있었으니
쫀쫀하게도 그토록 높고 위대한 것이 많았구나
다이아몬드산에 오르는 거미처럼
지칠 줄 모르고 똥구멍에서 시간의 황금 실을 뽑아냈구나
나 가진 것 시간의 그물밖에 없어
힘주는 매듭마다 청춘을 매달고
기어오른 높이를 물끄러미 세어보았으니
그 누구도 나를 올려다보지 않았으니 하하하
내 희망의 내용은 폭소뿐이구나
그리하여 나는 우선 여기에
힘없는 구멍에서 새는 바람을 남겨둔다
거미의 생은
미친 듯이 반짝이는 거룩함을 찾아 기어올랐으나
단 한 번도 자신에게서 길어 올린
시간의 황금빛을 보지 않았노라*

* 기형도의 「질투는 나의 힘」을 변주

한민규

길

중첩되고 전조 되는 길 위에서 당신을 만납니다
익숙한 길, 익숙한 불안함 속에서 당신을
읽습니다

전조가 되고 둔주가 되어 만나는 길
돌아오면 만날 당신의 부재를 알기에

중첩되고 전조가 되는 길 위에서 당신을
만납니다

노래 2

당신은
내가
가보지 못한 나라

맨발로 처음 밟아보는 땅
본 적이 없는 꽃
하나뿐인 꽃

그리고
처음 들어보는 노래
받아 적지 못할 노래

길 2

C로 시작해서
나를 생각한다

D로 들어가
위선을 칠하고

E로 올라가
위악을 바른다

F로 넘어가
실패를 하고

G로 비켜서
사람을 잃고

A로 빠져서
사랑을 잃는다

B로 떨어져
양심을 잃는다.

이제
C로 돌아가 나는
내가 된다.

DV8 : 이상한 날

세월은 흘러
어느 날

불현듯 소년이 되어
더럽다던 너의 몸을 보게 되고
알게 되고, 사랑하게 되고

다름을 빛으로 보는 날
몸짓이 언어가 되는 날

남의 상처가 허기가 되는 날
앉은뱅이의 몸짓을 알고자 하는 날

그러나
이 몸의
성찰은 찰나이고
욕망은 억겁이니

그대들의 기일도 잊은 지 오래
성문들은 낮에 도무지 닫지 아니하리니

거기는 밤이 없음이라.

인샬라

나는 알고 있다

서랍 속 깊은 구석에 자리 잡은 곰팡이
마른걸레로 닦고 독한 약 뿌려대도
가실 줄 모른다.
그래도 닦고 닦으며 너의 노래를 꺼내 듣는다.

화장실 타일 바닥 쪼그려 하는
설거지가 싫어요.
겨울에도 눌러사는 습기가 싫어요.
쉬지 않고 쏘아대는 포화 소리 같은
공장소리도 싫어요.
그리고 일 년 내내 빛도 없잖아요.

저 노래를 여자들이 참 좋아한다고
낄낄대다가
내가 지금까지 사산死産하는 것은
주체가 못 되어서라고 핑계를 대본다.
아니,
사상思想을 못 하는 것은 나태 때문이라고 생각을 한다.
아니, 노래를 못 하는 거였나?

걸레를 빨고 제습기 옆에 널고
4,500원짜리 담배를 입에 물고

확신을 섞기지 않는 사실에 근거하여 말하노니
나의 이름은 앞으로도 그대의 집 문턱을
넘지 못할 것이다.
네가 살아 돌아오는 그 날까지

나는 비밀이다

뜨거운 안녕

차였지.
2013년 가을

독이 거의 말라가는 도마뱀의 허파,
와 꼭 빼닮았던 너의 피부와
안녕?

세간의 눈치를 보며 춤을 추던 너의 마음과
감출 수 없던 너의 미소도
안녕

도도리표 같은 상처도 덤으로
안녕

처음 생각이 옳단다.

너만의 새벽
때 늦은 후회도
안녕

소식을 들었다.
서른이 넘었다고,
빼도 박지고 못하는
서른,
자랑스러운 20대도
안녕

추신,
하루빨리 마흔이 되기를

베토벤 현악4중주 15번

고대부터 전해지는 당신에 대한 이야기
매번 놀라게 되는
전제된 절대성
흔들리지 않는
흔들릴수록, 흔들리지 못하게 하는
고대부터 전해지는 당신에 대한 믿음
을 통해서

그가 전해 들었을
복음의 소식, 늬우스
부활의 노래
그리고
죽어가는 이도 참회하게 하는
구원의 노래
삶의 욕망 너무나 살고 싶다고,
이승이 좋다고

아버지 바흐가 알려주신 천체 구동의 비밀
부정하려고 아무리 애를 써 봐도
사랑이 아니고서는 세상이 존재할 수가 없다고

아니…아니…
고대부터 전해지는 당신에 대한 이야기
고대부터 전해지는 당신에 대한 믿음
모든 사람은 풀과 같아
그 모든 영광이
풀의 꽃과 같아
풀처럼 마르고
꽃처럼 떨어져

오직 당신의 말씀만이
영원히 있거나 말거나

그래도
이 세상의
삼라만상의 근원은 사랑이라고.
시들어가는 꽃잎과
흔들리지 않는 고목에서
싹트는 새싹을 보더라도,

잊혀진 유행가 가사를 소리 내 불러 보고,
김수영의 시만 보아도

이 세상은

사랑으로 구동되고 존재한다고

살고 싶다고

너무나 살고 싶다고,
똥칠을 해도
이승이 좋다고

거짓말

Sir Lyle Scope (1914~2003)

얘기했던가
알다시피
난 나쁜 놈이야.
내 아비는 밤이고
어미는 새벽이지.

결혼 없이
동거하던 마지막 날에
내가 태어난 거야.

심야에 태어나
새벽에 버려진 짐승이
속이고 이용하고
불화를 만들고 반목시키고
수명을 줄이고 그런 거 말고
뭘 하겠어?

얘기했잖아.
사람이 아니야.
내 이름을 기억해도 좋아.

나는
희망의 반대.
저주의 적자도 나를 피해 다니지.
네가 가진 꿈은 좌절을 위해
심어준 거야.

바깥이 없는 우주의 끝에 살고
네가 약해지기를 기다리지.

도둑처럼 찾아갈 거야.
기도해.

너희들은 상상력이 부족해서
지옥을 입에 달고 다니는 거야.

얘기했잖아
끼니마다 거짓말을
심심해지면 농담을 뱉는다고

얘기했잖아
너희들의 깃털만 한 기쁨도
내게는 피눈물이라고

품위를 갖추라고

너희는 내가 미안해할 만큼
가엾지 않아.

얘기했잖아
나도 나를 안 믿는다고

얘기했잖아
천사같이 보일 거라고

얘기했잖아
도둑처럼 찾아간다고

강수경

자랑

붉은 눈썹

내 가죽 내 가족

말값

자랑

"야 이 씨발놈들아, 다 죽어버릴 거야 썅,
대가리 내미는 새끼들 모두 총으로 쏴 죽여 버릴 거야."
밤이면 취기가 가득한 아저씨가 고함을 지르셨지.
그 고함이 하루 이틀 사라지기는 했어도
다시 나타났을 때에는 언제나 고함이지.
혹 무슨 일이 일어날지도 모르지만.
나는 항상 그 대목에 맞추어 추임새를 넣어주려는 듯
앉아서 중얼거렸다.
'이 동네에서 총 맞아서 죽는다고 무서워할 사람 있을까?'
그러곤 딸꾹질을 했지.
밤잠을 설치셨던 할머니가 삐꺽거리는 문소리를 열며,
"이봐요. 아저씨, 아니 지금 시각이 몇 시인데
고래고래 소리를 지르고 그래?
내가 보자 보자 하니깐"

붉은 눈썹

푸르른 저 달, 붉은 이 눈썹
푸른 저 달, 붉은 이 눈썹
붉은 건 이 눈썹이고, 푸른 건 저 달이야.
푸른 달, 붉은 눈썹
푸른 이달, 붉은 저 눈썹

붉은 눈썹을 봤을 거야.
눈썹이 붉은 건 이해해줘.
눈썹이 잘 살도록 낯을 지웠거든.
눈을 가느다랗게 움직일 필요가 없지.

광택들이 항상 눈썹 옆에 와줬어.
백색 눈만 달린 광택들은 미끌미끌하게 흔들거리지.
손바닥을 펴 보여도 제 몸을 비벼주지 않아.
나는 고요하고. 광택은 집요해.

좀 얻어먹으러 부스대며 오는 놈도 있지.
그 정도까지는 아니야. 미안.

기적은 없어.

그것이 붉은 눈썹이라 좋았어.

우리 여기서 참 즐거웠었지?

내 가죽 내 가족

\# 거실

아버지는 가끔 머리를 저을 뿐 다른 것 없이 거실 소파에 누워있다. 인조가죽으로 된 짙은 녹색 소파의 팔걸이는 아버지가 머리를 붙이고 닿는 곳이라 닳아져 가죽 아래 실들이 끊어져 나와 있다. 아버지 옆으로 해가 깊이 뉘어져 빛이 줄기처럼 새어 들어와 뿌옇게 먼지들이 떠돌아다닌다. 거실이 어둑해져서야 눈을 뜬 아버지는 눈을 다시 붙여 보려 하지 않고 천장만을 본다.

아버지는 채비를 서두르지 않는다. 아버지를 부르거나 찾는 이, 기다리는 이가 없다는 것을 알고 있다. 옆은 언제나 없는 이처럼 조용하다. 어제는 술 마시고 웃고 떠들어대고, 술 마시고 웃고 지껄이고, 웃어버린다. 다른 허튼 것을 한 건 아닐까 뇌까려보지만 이내 마음에서 놓아버린다.

아버지는 눈을 내리떠 어항에 손가락을 가져가 움직여서 어항 안 물고기들이 손가락을 따라 움직이는 것을 본다. 얼마쯤 지나고 아버지가 소파에서 떨어져 나오자 먼지들이 빠르게 그를 뒤쫓다 그만 놓쳐버린다. 허기가 느껴져 냉장고를 열어보지만, 찬을 골라 식사를 할 생각은 없다. 잠시 냉장고 아래위를 번갈아 쳐다보다가 문을 닫아 버린다.

식탁

“나 좀 살려줘. 이렇게 빌게. 당신 말이 백번 맞아, 이번만 살려주면 이제부터 잘 믿을게. 당신은 할 수 있잖아. 씨발, 진짜 있긴 한 거야. 왜 나만 미워하는 거야. 씨발, 너 같은 거 필요 없어. 너 따윈 원래 없는 거야. 그걸 믿은 내가 병신이지”

사라진다는 것은 주먹으로 물구나무를 서서 텔레비전을 보다가 잠에 빠져드는 것보다 어렵다는 것을 안다. 이것을 주방 벽면 모서리에 있는 짙은 갈색 빛깔 식탁 의자 아래에서 몸을 숨기며 생각하곤 했다. 만약에 계속해서 이렇게 숨죽이고 움츠릴 수 있다면 아버지는 아이를 찾지 못할 것이다. 그러면 아이는 사라질 수 있을 거라 믿었다. 이 더러운 기분은 틀린 적이 없었다. 지금은 어떤 것도 아이를 안전하게 할 수 없어서 아이는 식탁 의자 밑에서 의자 다리를 끌어당겨 제 몸을 숨기며 문만을 쳐다보고 있다. 이것 말고 아이에게 어떤 것도 없다. 지금은 아이가 한 시간 걸려 다니던 교회 따윈 없는 거다. 아이는 더는 하늘에 빌지 않았다.

아버지가 들어왔을 때 아이는 당연히 자기가 하늘을 욕해서, 하늘을 사랑하지 않아서, 하늘을 믿지 않아서, 하늘을 의심해서 벌을 받은 거로 생각했다.

오후 3시

다른 아이들과 집 옥상에 올라가서 도로 맞은편 간판에 적혀진 전화번호를 눌러서 옆집 금은방으로 커피를 배달해 달라고 장난을 친 적이 있었다. 다음번엔 금은방 옆 비디오가게에도 같은 짓을 했다. 그런 다음, 다른 아이들과 그 우스꽝스러운 장면을 기대하며 벽 아래로 몸을 낮추었다. 하지만 단연코 혼자였을 때에 같은 짓을 하며 그녀를 애먹인 적은 없었다. 그뿐이었다.

아이가 사라지기를 기다렸던 식탁에는 젊은 그녀가 앉아 있다. 아이 앞에 있다. 긴장만큼 야하지는 않다. 그녀는 의자에 아이가 흉내 낼 수 없는 자세로 엉덩이를 제대로 붙이지 않고 있다. 아버지의 팔은 그녀의 어깨를 휘말며 걸쳐진 채로 그의 손가락 끝이 그녀 옆으로 헐렁하게 늘어져 있다. 지금 아이는 겁이 없어도 되고, 사라지지 않아도 된다. 아이는 제 눈을 그녀의 휘황한 귀걸이에 돌리고 의자 다리 끝을 바닥에 찍어 댈 수도 있다. 그때 너그럽게 웃는 법을 기억해낸 것은 아버지의 으스댈 줄 아는 목뿐이었다.

크림빵

딸아이에게 연줄 얼레에다 지렁이 몇 마리 물려 손에 쥐여주었다. 기대에 찬 딸아이는 얼레 끝만 자꾸만 보더니 바다에 던졌던 지렁이를 빼고 혼자서 다시 새 지렁이를 상자에서 꺼내 허리를 자르고 손끝을 야무지게 하여 낚싯바늘에 꿴다. 그러나 경험 많은 물고기들은 딸아이에게 물려주지 않는다. 내가 낚싯대를 바다에 멀리 던지는 것을 보더니, 줄만 늘어뜨린 것이 서운했는지 제 것도 멀리 던져달라고 보챈다. 딸아이가 계속해서 기다려도 물고기가 내주지 않은 긴 시간이지만, 제 입에 크림빵만 떼어 넣어주면 막내 딸아이는 그도 좋아 낚시하는 동안 잠자코 옆에 앉는다.

사촌 동생

사촌과 버스를 탔다.

"우리 아빠는 너네보다 더해. 그냥 앞도 안 보고 손에 잡히는 대로 막 던진다"

"우리 아빠는 진짜 화나면 주방 가서 칼도 가지고 온다"

"아니야. 전에는 씩씩대더니 칼로 찌르는 시늉도 했어"

"아니야. 우리 집은 맨 날 그 꼴이야"

"암튼 무지막지한 개새끼야"

"난 너보다 정말 더 싫어. 죽여 버리고 싶어"

방

안에서 잠가버린 문고리가 떨리는 듯이 요란스럽게 움직이고 있다. 아내와 딸들은 문밖에서 잠긴 문을 열려고 집안의 모든 문의 키들을 한 번씩 넣어서 맞추려고 하지만 긴장한 탓에 쉽진 않다.

방 안에 아버지와 아이가 있다. 아버지는 뒷섬이 없이 가득하게 보이고, 아이는 잔 내 나는 공기에 그저 꿈적인다. 아버지의 말이 아이에게 들리지 않는다. 아버지의 말들은 섞갈려 있지 않고 뚜뚜하여 재차 아이를 꿈적이게 한다. 아이의 대답은 거짓이라 해도 이전과 같다. 아이는 아버지의 등 뒤로 꽂혀있는 책들의 제목들을 훑어본다. 꽂혀 있는 책들의 배열은 전에 봤던 것과 같이 가볍게 떠 있다. 그러다 아이의 눈은 그만 책장에서 떨어뜨리고, 다시 아버지의 얼굴로 돌아왔다.

목구멍 짓찧어진 곡이 더미가 되어 나온다.

헤진 가죽 같던 머리카락들이 간신히도 매달려 있던 것은 더는 아이를 괴롭히지 못한다.

막내이모

막내이모가 전화를 붙잡고 애원하고 있었다. 마지막 부탁이라고, 이번이 마지막 부탁이니 한 번만 내려와 달라고 말하고 있었다. 젊은 여자와 바람이 나서 이모와의 이혼을 원하던 이모부에게 이혼을 해주지 않는다는 이유로 밤마다 맞았다던 막내이모가 빌고 있었다.

나는 애원하던 막내이모를 지나서 외할아버지를 모신 지하 장례식장으로 내려갔다.

말값

내게 해준다는 말이라는 건 그런 것들이었을 거다.
두툼하게 문지르고, 쓸어주고, 만지작거리는 너스레.
네 형상을 키우는 뒤척거림만 나서게 했다.
다음날 생각하게 되었다.
세차게 퍼부어버린 어제가 잘못되었다.
나는 너스레를 배워버린 것이다.
나는 절망을 모르는 사람이다.
어제가 깊음을 알고도 퍼부어 버렸다.

서윤선

San tiago

친구여 내가 죽거든

지구에 박힌 돌

장인의 소파1

장인의 소파2

불의 배

파키스탄으로 떠난 여인

다시 이 땅에 태어나 — 공깃돌答歌

조약돌

San tiago

성스러운 야고보 믿음을 실천한 예수의 제자
그 이름을 딴 칠레의 수도
2015 코파아메리카 주 경기장 이름이기도 한.
5만 명의 함성과 깃발
결승 상대는 남미의 강자 아르헨티나.
축구의 신이라 불리는 사나이 메시가 있는,
사람들에게 즐거움에 세례를 내려주는 메시가 있는.
언제든 시대의 메시는 있었고 메시아도 있었지
내일도 오고 모레도 오는 고도godot와 같이,
이미 곁에 있는지도 모르지

대한민국 나의 새벽을 잠 못 이루게 하는 단판 승부
월드컵 등 메이저 대회 타이틀이 없는 메시
그의 단 하나의 절실함은 조국에 우승의 기쁨을 주는 것
그러나
3만 명의 주검과 10만 명의 고통의 신음이 유전자에 새겨진
용맹한 구릿빛 들소들!
칠레의 허벅지는 더 힘차고 강했다

아옌데 칠레 대통령

70년 남미 최초의 국민 투표로 당선된 대통령
그 후 삼 년 뒤 구월 피노체트 군부 쿠데타에 맞서
마지막 권총 한 자루로 저항했던 아옌데와 19인의 전사들
작은 화산 분화구의 불꽃 같은
산 티아고의 총성
왜 그들은 성난 들소처럼 멈추지 않고
구십분을 달리고 삼십 분을 더 달리고
마지막 승부차기에서도 집중의 순간을 흩트리지 않았을까
신의 계시를 받은 것처럼 2002년 대한민국의 축제처럼
태양도 녹일듯한 뜨거운 녀석들

지구에서 가장 가늘고 긴 나라의 함성
이웃 나라 아르헨티나에서도
지구 반대편 한반도에서도 들을 수 있는 함성
멋진 단판 승부의 함성

그날은 그러했겠지 기나긴 한판 승부였겠지
산 티아구 광장에 누워있는
검정 뿔테의 깨진 안경*
지금은
고통의 총구가 뚫고 지나간 사이를 잰걸음으로 사라지고
외눈박이 렌즈 앞뒤로 평온한 광장의 바람이 입김을 분다

아옌데와 피노체트

기울 듯 말 듯한 축구장에
그들을 닮은 사람들
메시를 즐거워하는 사람들
그리고 용맹한 구릿빛 들소들

* 칠레의 화가 Carlos Alfamirano의 작품 〈당신은 이름이 없습니다〉(No tiene nombre).

친구여 내가 죽거든

친구여 내가 죽거든
우주선을 관으로 삼아 전 세계로 생중계해줘
올림픽 개막식처럼 월드컵 결승전처럼
월드시리즈 7차전처럼 챔피언스리그 결승전처럼
코리안시리즈 7차전처럼 12월 31일 보신각 타종행사처럼
광고 많이 붙여 생중계해줘

친구여 내가 죽거든 쇼를 보여줘
버나드 쇼의 묘비명처럼 `내가 이럴 줄 알았지`처럼
가볍게 쇼를 보여줘
대통령 서거 생중계처럼
엄숙한 아나운서의 차분한 목소리 말고
김구라처럼 짜증도 좀 내면서
너털웃음도 좀 짓고 생전의 팩트를 바탕으로
구라도 치면서 연애사 썰전도 풀고
소녀시대 춤추고 노래하고
싸이의 강남스타일 정열의 말춤도 보여줘

친구여 내가 죽거든
인터스텔라 영화처럼 우주 왕복선 필요 없고

편도로 날 보내줘
분리수거는 필요하잖아
쓰레기는 너희가 치워야지
지구는 너희가 지켜야지
ls가 지키겠니 샤를 어쩌구 펜이 지키겠니
un이 지키겠니 NASA가 빠진 자위대가 지키겠니
자위하지 마 국정원은 지킬 거야

추신
냉전으로 이념으로 분리된 남북정부가
아직도 서로를 쓰레기 취급하며
철조망으로 분리하고 생쇼하고
코리아에선 종북으로 분리하고
경상 전라 우리가 남이가 분리하듯이
친노가 죄인인 듯 분리하고 색칠하고
아참 나 우주로 보낼 때 주관방송은 분리수거방송
KBS인거 알지 TV조선과 채널동아 A, MBN, YTN, 연합뉴스,
아 MBC도 있었네 애네들은 덤으로
마지막으로 욕 한마디 하고 갈게
씨발 좆까고 사람 물건 취급 좀하지 마라
그러니까 호킹박사가 말하자나
인공지능 로봇이나 만들어 100년 안에 인간들 다 되질 거라고

지구에 박힌 돌

꽃잎물감 춤추는 허공에
커다란 도화지를 펼치면

바람은
잎을 그리고
꽃을 그리고
나무를 그리고

바람이
잎으로 그리고
꽃으로 그리고
나무로 그리고

무의 우주 한 점마저 사라진 때

바람도 없고
잎도　없고
꽃도　없고
향기도 사라진
아니

아름다운 향기도
결국 사라지겠지만
그렇게 1억 광년쯤 끊임없이 바람은 불어
쌓이고 쌓인 그림 위에 무한대의 그림들

바람이 그린
꽃잎이 그린
나무가 그린
시간이 그린

혹은
그대가 그리고 있을
내가 그리고 있는
우리가 모두 그린

나이테의 흔적만 보이는 감추어진 그림들
혼돈의 기둥
퇴적의 기둥

인간은 사라져도

박힌 돌은 지구에 남아
기억으로 남아

기억이 사라져도

흔적은 남아
지구에 박힌 돌로 남아

장인의 소파1

팔십 넘은 노인이 만든 소파
곰팡이 향기로 보아 한 삼 년은 지하에서 볕을 못 본 듯한
늙은 물소 가죽이 누워있다
아니 누런 황색으로 보아 고집 센 황소가 누워있다

제값보다 싸게 구매한
앉으면 허벅지를 살짝 받쳐 올려 온몸이 편안한 소파
튼튼한 동백나무가 받쳐주는 균형 잡힌 소파
세련미는 없지만 꼼꼼한 손길이 있는 소파
누우면 잠들 것 같은 부드러운 외피를 지닌 소파
그러나 일어날 때 따끔하게 혼내주는 소파

그렇게 15도쯤 기울어진 안락한 소파는
젖혀진 상체를 벌떡 일으키게끔 만들어져
무언가를 하기 위해 재빨리 일어날 때 살갗에 멍 하나를
순식간에 당연하다는 듯 날리고
친구도 나도 늙은 용의 수염인지
꼬부라진 희망의 쌍곡선인지에 복숭아뼈 제대로 찍혀
외다리로 콩콩거리며 눈물을 찔끔거린다

팔순의 노인
시절이 이름 붙인 장인
훗날에 이름 붙을 장인
당대에 자칭 장인?
아니면 모두일 수도

소파에 양각은
왠지 허전해 보여 새겨진 조각일까
아니면 마침표를 찍은 기쁨의 화룡점정일까
친구는 90%의 편안함과 10%의 멍을 거실에 사다 놓았다

그리하여
그 소파는 누가 앉던지 지속해서 멍을 남길 것이다
바라보는 사람은 양각의 뾰족함이 보기 좋은 장식이지만
이미 시간의 소파에 태워진 사람은
잠재된 아픔을 안고 살아가는 것이고
언젠가는 몸에 음각의 흉터를 드러낼 것이다
그러므로 그곳에는
없어야 할 것이 없어야 하는, 있어야 할 것은 없음 밖에 없는
빈자리가 좋을 것이다

무의 공간을 만드는 일은 절대적 믿음으로
그 누구와 만나는 그 무엇과 만나는 길이라면

사포로 밀든 끌로 도려내든 그냥 괴팍하게 밀어내든
결정은 단칼로 가슴에 새길 것

하나
긴장 풀지 말라고 회초리 대신 숨겨놓은
장난기 섞인 장인의 양각이라면
감사하게 복숭아뼈에 새길 일이다

장인의 소파2

소파는 소파이면 그만이고
소파 만드는 사람은 소파 만드는 사람이면 그만이고
소파를 소유하려는 사람은 싼 가격에 좋은 소파를
소파를 소유한 사람은 편안히 앉거나 누우면 그만이고
소파를 소유하되
세상 단 하나의 욕망의 소파라면 웃돈을 얹어
그 소유한 욕망을 다수와 공유하면
공유된 욕망은 공유하는 욕망으로,
소유된 욕망은 스스로 권력을 얻어 허깨비를 만들고
욕망을 소비한 사람들은 욕망의 소파의 주인을 따르는
복종의 호르몬을 습관적으로 발산해
추종노예 개미들이 되고 그 개미들을 관리하는,
소파를 탐하는 주인의 마술을 아는 관리개미들은
홍보전시하고교류하고
세계로뻗어나아가길원하면서
인류가같은소파에앉기를원하는
전쟁중………에 낡은 소파는 거리를 두리번거린다

나는 장인이라는 말에 의심이 생겨
며칠째

없음이 편리를 낳고 없음이 인정(人情)이 있는
포근한 소파를 떠올린다

변두리
장인의 소파가 정신을 핑 돌 게 혼쭐을 놓는
검푸른 새벽

불의 배

어미의 자궁에서 불로 태어난
이미
불꽃으로 태어난 생명의 불꽃

불의 운명은
초를 다 태우고
마지막 심지마저 태우고서야
긴 호흡을 멈추는 항해를 끝낼 때까지

파도와 바람은
불길을 흔들고 흔들어 흔들어버리지만
숨은
몸 길을 돌고 돌아서 부풀리고 전파하고
몸을 외면하고 사라지지만

이미
불로 태어난 장작더미
난파되지 않는 불꽃
불의 배

거친 바다와 함께
고래 같은 큰 숨을 깊이 들이켜고 내뱉어

바다를 간다

파키스탄으로 떠난 여인

그녀는 비행기 표를 손에 꼭 쥐고 있었다
사랑하는 이가 떠나기 전
먼저 그곳으로 숨고 싶었던 것일게다
전사 같은 검은 사자 갈깃머리로 눈을 가리고
그녀는 눈물을 감추고 있었다
떠나고 싶다고 했다
그 말에 덜컥 겁을 먹은 하얀 개는
그녀의 뒷목이 물고 싶어졌다

파키스탄에는 시간이 멈춰버린 궁전이 있다
검은 차도르로 파도 소리를 감출 수 있는 곳
그곳에서
그녀가 촛불 아래 초상화처럼 흔들리는 게 두려웠다
차가운 공기가 흐르고 얼음 같은 물이
그녀의 발가락 끝부터 손가락 끝 정수리 마지막 세포까지
서서히 삼킬 것 같은 고요함이 두려웠다

파키스탄으로 떠나기 전
그녀는 불을 다스리는 프로메테우스의 심장을
오른손에 쥐고

철망을 허물고 히말라야 얼음 산정에 올라
거인 같은 고목을 바라보곤 했다
하얀 눈벌판에 사막 같은 고목이
눈부신 검은 비늘을 반짝이고 있을 때면
맑고 깨끗한 충만감이 가슴 벅차게 차올라
낮고 부드러운 탄성의 메아리가
그녀의 입가로 되돌아오고는 했다
`헤헷`
하는 신비한 눈빛이 반짝이며 입꼬리를 올리던 그녀

파키스탄이 있었다
히말라야 만년설이 강물 되어 바다처럼 뜨거운 섬
맑고 깨끗한 눈물의 사막

사랑의 극단주의자
아름다운 그녀는
지금 파키스탄에 있다

다시 이 땅에 태어나 — 공깃돌答歌

초저녁 제비처럼
놀다가 바삐 집으로 돌아가는 아이들처럼
기억은 뿌연 먼지 일으키며 달아났지만

공깃돌을 바라보며
공깃돌처럼 멈춰버린 어린 소녀여 !

상처가 상처인 줄도 알았던
아픔이 아픔인 줄도 알았던
기쁨이 기쁨인 줄도 알았던
사랑이 사랑인 줄도 알았던

옹이 박힌 붉은 추억들이여 !
물 맑은 청명한 어느 계곡
구릿빛 검게 그을린 어린아이들의
대지가 되어
바위가 되어
힘차게 튀어 오르는 방울 같은 아이들 곁에

해맑고

듬직한 바위로
다시, 이 땅에 태어나
살아 숨을 쉬어

조약돌

파도 소리에
구르고 깎이고
파도 소리에
내려앉아 깨지어

다시
부서질 듯
일렁이는 밀물의 찰라

빛은
사랑인 듯 몰려와
나에게서 한 선을 튕기어
그대의 눈을 찌르고
나의 눈을 찌르네

풀려가는 모래시계처럼
부드러운 체인의 자전거 두 바퀴처럼

각자의 시편들로 구축한 작은 공통체

이성혁 (문학평론가)

'ㄱ의 자식들 소개'를 보면, 작년 어느 봄날 "각자 사는 곳도 하는 일도 다른" 8명이 모인 자리가 있었다고 한다. 그 자리에서, "그냥 우리같이 시를 써"보자는 이록현의 느닷없는 제안에 그들이 "그러지, 뭐"라고 대수롭지 않게 응답하면서 'ㄱ의 자식들'이란 시모임이 만들어졌다고 한다. 'ㄱ'이라는 글자가 앞에 내세워진 것은 "삶의 무게로, 등은 'ㄱ'을 닮으려 한다"는 데에서 비롯되었다고 하고, 지속적인 모임을 통해 "각자의 방식대로 얼어붙거나 굳어진 언어에 군불을 지피거나 그것을 불려 왔다"고 한다. 굳어진 삶과 육신은 말을 빙결시킨다. 그렇기에 말의 몸을 유연하게 하고 새로운 연접을 꾀하는 일은 'ㄱ'으로 꺾인 '삶-몸'을 다시 펴는 일이기도 하다. 시를 쓴다는 일은 등단하기 위해서, 어떤 문학상을 받기 위해서는 아닐 것이다.(등단한 시인들 역시 그렇게 생각하겠지만.) 지금까지의 경직

된 삶과는 다른 삶을 살기 위하여, 생성하는 삶의 막힌 통로를 뚫기 위하여, 시 쓰기에 대한 열망은 생겨나고 불이 지펴지는 것이다. 제도에 종속될 수 없는 그러한 열망이 시 쓰는 사람들의 초심일 것이요 아름다움일 터, 'ㄱ의 자식들'은 그렇게 제도에 연연하지 않으면서 자신의 마음에 말을 심고 시를 키워 왔던 것으로 보인다.

역시 '소개'에 따르면, 이들의 작업은 "각자의 자작시들을 들여다보고 벗겨 보고 서로 담아 나눠 가"지는 작업이기도 했다고 한다. 이 과정에서 각자의 특이한 시들은 "서로 담아 나눠 가"질 수 있는 공통적인 것으로 변모되면서 각자의 특이성을 증폭시켰던 것으로 생각된다. '시' 또는 '예술'이 지니는 기능은 여기에 있지 않을까. 특이성을 가진 '시-예술'은 공통재로서 존재하게 될 때 우리의 활력을 증폭시키고, 또 다른 시를 낳는 동인이 된다. 이렇게 볼 때 시의 현재적 기능을 활성화하고자 했던 'ㄱ의 자식들'은, 비록 작은 모임이지만 공통적인 것을 형성하면서 공통재가 된 말을 나눠가지며, 각자 그리고 함께 또 다른 말을 생산하는 작은 시의 '공통체'를 구성하려고 했음을 알 수 있다. 이에 이 공통체의 성원들이 함께 작업하여 내놓은 시집 속을 산책하면서, 나의 주목을 끈 시편을 살펴보는 글을 써보고자 한다. 그것은 무슨 평론가로서의 작업이라기보다는 이 시집의 독자로서 또 다른 목소리를 이 시집에 더한다는 의미에서의 작업이 될 것이다. 다시 말하면, 이 시집의 시편들을 어떤 코드로 해석한다기보다는, 공통적으로 산출된 말들과의 만남을 기록한다는 의미에서의 작업이다.

시집에 실린 순서대로, 최영식의 시편부터 살펴본다. 그의 시의 제목은 흥미롭게도 동사와 형용사 단어로 되어 있다. '철들다', '으뭉하다', '외롭다', '접히다', '짠하다', '새나가다', '뒤바뀌다', '다니다', '떨궈지다', '죽다'가 그것이다. 이는 그가 어떤 사태에서 본질적인 것은 '주체-주어'보다 어떤 움직임이나 상태라고 생각하고 있음을 알려준다. 이 단어들은 행위의 이행이나 상태 또는 감정의 이행을 드러내는데, 「새나가다」에서는 "버티칼이 덜컹거린다./책갈피가 펄럭인다./나뭇잎파리들이 서걱인다"와 같이 주어와 서술어로만 된 미니멀한 문장을 잇는다든지 "느낀다. 간지럽다. 따듯하다. 차갑다. 부풀어 오른다"처럼 주어나 수식어 없이 동사와 형용사만 나열하는 등의 조어법을 통해 행위의 이행과 상태의 이행을 연접시키기도 한다. 이는 또한 시인의 주관성을 최대한 배제하고 일어나고 있는 현상들만 기록하고자 하는 시인의 시적 태도를 보여준다. 「새나가다」에서 그러한 방식의 시 쓰기를 통해 드러내고자 한 것은 '첫사랑'이다. '첫사랑'은 "움켜쥐는 순간 새나가고 없"는 것이 된다. 일어난 사태에 대해서도 마찬가지로, 행위 주체는 어느새 사라질 뿐이요 남는 것은 움직임과 상태의 흔적밖에 없다고 할 수 있지 않을까. 이렇게 행위 주체를 괄호치고 사태를 건조하게 묘사하는 그의 독특한 시 쓰기가 어떤 참담한 현실과 접맥되게 되면 다음과 같은 시를 낳게 된다.

마지막으로 프레스가 트럭에 실려 나갔다. 점.멸.점.멸.
그의 삶도 묶인 끈에 엉켜 질질 끌려가고 있다.
비는 내리고 내뿜는 담배 한 모금에 뿌연 서리가 내린다.

빗방울은 오늘도 사선으로만 들이친다.
누렇게 바랜 고지서, 견적서, 야식 전단, 도면들 위에
굵은 신발 자국들이 지그재그로 소인처럼 찍혀 이리저리
휘몰리고, 뒹굴고, 비는 내리고—
휙—허공으로 새처럼 날아오르는 검은 비닐봉지,
헛바람이라도 불어넣어 날아오르던 그런 때가 있었다.
삶의 무게만큼 휘어진 등뼈, 삶의 밀도만큼 두터워진
손바닥, 삶의 고통만큼 나빠진 시력, 뭉텅이 채 뽑혀나간
머리칼, 지렁이처럼 튀어나온 힘줄, 깊게 팬 이마의 등고선,
퀭한 공간에 그는 〈ㄱ〉자로 접혀 있다
—「접히다」 전반부

위의 인용 부분 다음에 "00 공업사 간판도 비에 젖고"라는 구절이 나오는 것을 보면, 그리고 첫 구절이 "마지막으로 프레스가 트럭에 실려 나갔다"라는 문장인 것을 보면, 위의 시는 모종의 이유로 문을 닫게 된 어떤 공업사를 조명하고 있는 것으로 보인다. 그 공업사의 주인은 모든 물품이 철거된 이후 망연자실하게 서 있다. 고지서나 전단지 등이 나뒹굴고 있고 도면들 위에는 사람들의 "신발자국들이 지그재그로 소인처럼 찍혀 이리저리 휘몰리고, 뒹굴고" 있는 걸 보면, 강제 철거가 이루어진 것 같다. 강제 집행이었기에, 철거반원들이 함부로 도면 위를 밟았을 테다.

그 공업사는 주인의 삶에서 마지막 희망이었을 것이다. 트럭에 실려 나가는 프레스와 함께 "그의 삶도 묶인 끈에 엉켜 질질 끌려가

고 있"는 것을 보면 말이다. 인용된 시의 후반부에서, 최영식은 처참한 심경에 빠져 있는 '그'의 등뼈, 손바닥, 시력, 머리칼, 힘줄, 이마의 모습에서 '그'의 삶의 상황을 날카롭게 포착하여, 그것들을 인상 깊게 묘사하고 있다. 또 이러한 묘사를 바탕으로, 그의 모습을 "〈ㄱ〉자로 접혀 있다"면서 상징적으로 표현한다. 그런데 이 모습은 "볼트 너트로 조여진 발등을 내려다보며 숙명처럼 우두커니 서 있"(「외롭다」)는 가로등의 모습이기도 하다. 즉 그에게는 "볼트 너트로 조여"져 'ㄱ'자로 접혀 살아야 하는 삶이 숙명으로 주어졌으며, 그 숙명이란 사실은 폭력적인 국가와 자본 권력에 의해 약자를 내팽개치는 한국의 사회 현실에 다름 아닌 것이다.

선우원의 시에서는 도시 공간과 기억의 문제를 접목시키는 감수성이 돋보였다. 띄어쓰기를 무시하고 전개되고 있는 「왕래」는 "16번지연초록색건물의대문을열고거리를나선후" 도보로 골목과 거리를 걸어 다니다가 다시 "16번지연초록색건물대문앞"으로 귀환하는 과정에서 포착한 거리의 모습을 치밀하고 끈기 있게, 가능한 한 꾸밈없이 그대로 묘사한다. 이렇게 펼쳐진 도시 변두리의 모습은, 도시인인 우리가 지나쳐버리는 거리 풍경이 우리와 함께 숨쉬고 있음을 재인식시킨다. 사실 「왕래」가 보여주는 풍경은, 도시 변두리라면 거의 비슷한 모습을 하고 있기 때문에 우리 주변에서 흔히 볼 수 있는 것이다. 그러나 한편으로 선우원은 띄어쓰기를 하지 않고 거리를 지루하게 묘사함으로써, 우리가 살고 있는 이 거리가 매우 갑갑하고 권태로우며 퇴색해가는 공간임을 우리에게 새로이 각인시키고 있기도 하다. "노란가로등불아래매춘부들이하나둘씩자리를잡는가로수길"이나 "어두운적빛의높은첨탑", "붉게얼룩진담이끝나고여기저기흩뜨러져있는콘크리트섬무리"와 같은 풍경은 버려진 도시 변두리의 을씨년스럽고 쓸쓸한 모습을 상징적으로 보여준다. 이러한 상징적 이미지들을 종합하는 이미지가 "철망으로둘러쌓인잡초로우거진공터"라고 할 수 있겠다. '철망'과 '잡초'는 한국사회와 한국 도시공간의 현재를 압축적으로 보여준다. 하지만 선우원에게 도시 공간은 모더니티의 불모성만을 드러내는 것만은 아니다. 그곳은 다음과 같이 그의 기억을 불러일으키기도 한다.

> 입구는 별광장 쪽으로 나 있으며 우리 집이 위치한 대로와 뽈리곤 도로 사이에 자리 잡은 브라스리 옆을 지날 때면, 언제나 이른 아침 저기 놓인 탁자에 마주 앉아 함께 커피를 마시던 우리, 왼쪽 자리에서 아침 맥주를 들이키고 있던 노인, 그 옆 신문을 읽고 있던 청년, 일없이 자릴 지키던 주인 부부, 그 외 몇 되지 않던 남자 손님들과 크게 트인 창을 통해 가득 들어오는 아침 햇살로 둥실둥실 떠오르던 그 공간을 몽롱하게 기억해.
>
> 폐업하며 두고 간 식물들과 물건들이 수분 없이 빛을 받아 바짝 마르고 바래가며 차곡히 쌓이는 먼지에 서서히 묻혀 조용히 죽어가고 있던 어느 날, 대문에 임대광고가 붙었고 난 앞선 상실감에 사진을 찍어두었어. 마치 그 상이 기억과 같은 허상을 착상시켜 줄 수 있을지 모른다는 기대로 … .

—「Au Schlusselad」 전문

"우리 집이 위치한 대로와 뾜리곤 도로 사이에 자리 잡"고 있던 '브라스리'는 "바짝 마르고 바래가며 차곡히 쌓이는 먼지에 서서히 묻혀 조용히 죽어가고 있"는 식물들과 물건들만 남기고 폐업을 한 상태다. 이 장소 역시 「왕래」에서 보았던 변두리 도시의 특색과 유사한 느낌을 주는 곳인데, 한편으로 그곳은 선우원에게 특별한 곳이었던 것 같다. 그 '브라스리'는, 예전에 '우리'가 아침 커피를 마셨던 곳이었으며, 맥주를 마시는 노인과 청년, 주인 부부, 몇 명 되지 않는 남자손님들이 머물러 있던 곳이었다. "대문에 임대광고가 붙"어 이제 그 황량하게 된 그곳 앞에서 시적 화자는 예전 "그 공간을 몽롱하게 기억"하고는, 혹시 "기억과 같은 허상을 착상시켜 줄 수 있을지 모른다는 기대"로 그 텅빈 '브라스리'의 사진을 찍어둔다. 자본의 모더니티는 이렇게 장소를 파괴하거나 고사시키고 삶의 흔적을 지워버리지만, 예술—사진—은 그 모더니티가 파괴하는 공간을 기억할 수 있다.

떠나버린 '너'에게 보내는 엽서('Carte postale') 형식을 빌린 「Carte postale」 역시 공간과 기억의 문제를 다루고 있다. 이 시의 시적 화자는 그 엽서에서 "앞으로 나아가 문을 밀어봐/나의 기억들을 이동시키며 선을 그어봐"라고 말한다. 기억들에 따라 그어지는 그 선은 "길들과 대로 그리고 동네들"을 그리며 "여기 하나의 지도"를 만들게 될 것이다. 그래서 그 지도는 거리의 지도이면서 기억의 지도이다. 기억과 교호하는 거리는 삶과 유리되지 않는 공간, 생생한 공간이라고 할 수 있을 것이다. 이 생생한 거리야말로 시적 화자에게는 "자신의 공간"이었으며, 거기에서 그는 "위엄스레 온천지가 제 것이었"던 "나라 없는 왕"이었다. 이 나라에서 왕이 소유하는 것은 "밤과 빛, 눈과 산, 바람과 향기/향수(鄕愁), 너 그리고 나마저 모두다"이다. 하여, '나'에게 거리는 "마치 내 고향"이었던 것, 그래서 '나'는 "아주 오랫동안 집에 들어가지 않았"던 것이다. 선우원의 시는 이렇듯 도시의 거리를 시적 대상으로 삼아 삶과 거리 공간의 관계에 대해 천착해 들어갔다.

김태일의 시는 시간에 대한 사유가 눈에 띈다. 그런데 김태일의 시간관은 심원일의 시간관과는 달리 기억의 차원에 있는 것이 아니라 불교의 인연론에 닿아 있는 것으로 보인다. 그래서 그 시간관은 우주적인 차원에 있다고 하겠다. 하지만 이러한 우주적인 차원의 시간은 소소한 일상과의 연결 끈을 놓지 않는다. "거듭되는 삶의 바퀴 속에서 당신과 나/사랑이라는 이름으로 만나" "환생할 때/무엇으로 다시 만나리?"(「환생」)라고 김태일이 말할 때, 일상을 의미하는 "거듭되는 삶의 바퀴"가 "우리가 알지 못하는 곳으로" "우리를 이끌지도 모"르는 인연의 "깊고 넓은 끈"을 형성하는 것으로 생각되는 것이다. 이러한 인연의 끈에 대한 김태일의 상상력은 활달하다. 그는 "당신과 나"는 돌고래와 고등어로 환생할지도 모른다고 상상하기도 하고, 사냥개와 "어린 멧도야지"로 환생한다고도 상상하기도 한다. 더 나아가 '당신'은 "하얀 화강암의 덩어리"나 "외로운 솔낭구"가 되고, '나'는 "골바람 뫼바람"으로 될지도 모른다고 상상한다.

이러한 '환생'의 시간대는 억겁의 우주적인 시간대에 걸쳐 있을 것이다. 이러한 시간대에서는, 인간이란 종이 이 지구 위에 군림하는 시간이란 아주 짧은 시간에 불과하다. 여기에서 생태학적인 '인간' 비판이 이루어질 수 있는데, 「푸른 바다거북을 영결하며」에서 시적 화자가 "별미라 칭하며" 멸종 위기에 처한 "2억 년 전 번성했던" '푸른 바다거북'을 사냥하는 "인간이라는 포유류"를 비판할 수 있었던 것도 인간의 시간이 아니라 우주의 시간에서 생명을 생각했기 때문에 가능한 것이었을 테다. 그래서 김태일은 분노를 마음에 품고, 그 시의 후반부에서 다음과 같이 '우리' 인간에게 말하고 있다.

만일 내일 문득 저 먼 별 어느 곳에선가
낯선 손님이 찾아와
인간을 몹시나 맛난 별미로 여겨
우리의 살을 발라 맛나게 드시고,
남은 뼈를 모아 국을 끓여 드시고
공포에 질려 도망치는 우리의 아이들이 숨은
그 바위 틈바구니, 숨죽인 나무그늘까지
샅샅이 뒤져 모두 모두 잡아드신다면
그러고 나서는 인간의 가죽만큼 연한 게 없다며
우리 가죽을 벗겨 지갑에 벨트에 가방에 모자 등속을
만들어 기분 좋게 들고 다니신다면

우리는 어떤 근거와 이유를 들어

인간이라는 종이 멸종에 처한 슬픔과 부당함과 억울함을
이 우주에게, 자연에게,
우리가 멸종시킨 그 수많은 삶들에게,
우리 반대편에 우리를 지탄하기 위해
줄을 선 수많은 생명에게
감히 항변할 수 있을까?
—「푸른 바다거북을 영결하며」 후반부

인간이라는 종을 중심에 두고 사유하지 않으려면, 인간 역시 저 푸른 바다거북의 입장에 두고 사유해 보아야 한다. 바다거북이 인간의 쾌락을 위해 무분별하게 살육되었듯이, 외계인처럼 어떤 강한 존재에 의해 인간이 살육된다고 상상한다면, "우리가 멸종시킨 그 수많은 삶들에" 대해 인간이 저지른 죄가 얼마나 끔찍한 일이었는지 간접적으로나마 체감할 수 있을 것이다. 위의 시에 따르면, '우리'가 그렇게 살육된다고 하더라도, 우리 역시 지구의 뭇 생명들에게 끔찍한 죄를 저질렀기 때문에 항변할 수 있는 "근거와 이유"를 찾을 수 없다.

위의 시는 김태일이 인간주의적인 시각으로부터 벗어나서 사유하고 있음을 보여준다. 시간 차원에 대한 사유 역시 그렇다. 그의 시간에 대한 감성은 인간주의적인 시간을 낳는 근대적 시간관과 같이 양화되고 직선적인 시간관으로부터 벗어나 있다. 그렇다고 그가 인간의 삶을 무시한다고 보면 안 된다. 그는 삶의 일상이 엮어내는 섬세한 결들을 시에 복원시킨다. 그런데 그러한 복원은 지금 이 시간을 과거와 미래의 계기로 보는 시간관에서 이루어지는 것이 아니라, 「하루만의 이별」에서 볼 수 있듯이 하루의 시간에 한평생의 시간이 응축되어 있다는 관점에서 이루어진다. 그 시에서 시적 화자는 "여보, 오늘 하루 너무 즐거웠어./내일 또 만나 한평생 즐겁게 놀자"고 말하고 있다. 이 말은 "이번 생에서 마지막으로/당신과 이별하는 날"아내에게 해줄 말이다. 이에 따르면, 한평생은 하루이기도 하며, 하루는 한평생이기도 하다. 이러한 시간의식 속에서, "잠든 아내의 반쯤 펴진 손바닥을 쓸어"보면서 느끼는 촉각은 영원의 우주로 통하는 감각이 될 수 있을 것이다.

이록현의 시편들은 「여섯 개의 사물시」에서 볼 수 있듯이 사물에 대한 남다른 사유를 보여주고 있다는 점에서 특이하다. 이 사물시들에서 이록현의 반짝이는 시선을 느낄 수 있는데, 예를 들면 여섯 번째 사물시 '포크레인'에는 "심성이 순한 짐승으로 오인되어 뭇 짐승들과 빨리 친해질 가능성이 있다"는 흥미로운 설명이 붙어 있다. 이 「여섯 개의 사물시」는 사물에 대한 새로운 사전이라고 할 수 있겠는데, 그것은 인간주의적인 '에피스테메'에서 벗어나는 인식에 따라 마련되고 있다. 여기에서는 인간이 만든 사물도 세계에 주체로서 존재한다. 포크레인은 동물들과 친해질 수 있는 엄연한 주체인 것이다. "키우고 있는 것은 우리가 전혀 모르는 것일 때가 많다." 라고 해설이 붙은 '화분'에서 볼 수 있듯이, 사람이 키우고 있는 존재라고 하더라도 그것은 또한 스스로 존재하고 있는 주체여서 키우는 당사자도 전혀 모르는 존재일 수 있는 것이다. 아래의 '공깃돌'

과 같은 존재 역시 그러하다.

> 돌 같은 혹들이었다고 했다 몸에 붙어 있을 때는 혹이었지만 떼어져 나온 이상 이젠 돌이라 불러도 될 것 같다 그것도 무게조차 못 느꼈던 돌들이었기에 공깃돌이라고 불러야겠다 난 얼마나 많은 것에 제 무게를 달아주지 못해 이런 돌들을 키운 것일까 떨어져 나와서야 비로소 무게를 가지게 된 돌들을 오래전 먼지를 재워가며 던졌다 잡아챈 그 공깃돌들이라 부를 수 없다는 건 안다 하지만 이 돌들 역시 한 번쯤은 희디흰 해 아래서 던져지고 놀려지고 싶었을지도 모른다 쏘아지는 눈빛들 가운데서 한번 반짝 몸으로 가르는 선 들을 갖고 싶어 했을지도 모른다 난 다음 고개로 갈 수 있을 것이다 손안에 방금 잡혀 든 돌들이 사소하게 던져질 순 있어도 넘어질 것은 아니라고 말해주었기에
>
> —「공깃돌」 전문

'이미지-사유'가 유려하게 전개되는 이 시를 읽어보면, 시적 화자는 수술을 통해 내장 어딘가에 붙어 있었던 혹을 제거한 모양이다. 그는 몸 밖으로 제거된 그 혹을 '공깃돌'이라고 부른다. 그것은 몸 안에 붙어 있는지도 모를 정도의 무게 없는 혹이었기에, 공기 같은 돌이라고 부른 것이리라. 시적 화자는 그 '공깃돌'이 어릴 때 갖고 놀던, "던졌다 잡아챈/돌들"로 부를 수는 없지만, 그 공깃돌 역시 "한 번쯤은 희디흰 뎌 아래서/던져지고 놀려지고 싶었을지도 모른다"고 말하고 있다. 이 공깃돌들은 시적 화자 자신의 몸 안에서 키운 것이기는 해도, 앞에서 본 '화분'처럼 어떤 존재인지 알지 못하고 있

는 엄연히 스스로 존재하고 있는 것이다. 그 존재는 "몸으로 가르는 선들을 갖고 싶어 했을지도 모"르는, 욕망을 가진 주체다. 하지만 그 돌들과 시적 화자의 삶이 서로 교호 없이 무관하게 존재하는 것은 아니다. 몸 안의 돌들이 몸에서 분리되어 손안에 잡혀들 수 있었기에 "난 다음 고개로 갈 수 있을 것"이며, '나'는 그 돌들에게 "사소하게 던져질 순 있어도/넘어질 것은 아니라고 말해" 주기도 하는 대화의 관계에 있는 것이다.

이러한 관계는 시적 화자 자신의 빈손과 주먹 사이에서도 맺어지고 있다고 이록현은 말하고 있다. "빈손이 주먹을 우겨 쥐면" "빈손이 주먹을 웃겨"줘서 "작게 중얼거림이 들려"(「떨구는 시간」)온다는 것. 물론 이때 이 '빈손'이 삶의 상황을, '주먹'이 삶의 태도를 비유하고 있는 것이라고 하겠지만, 이 구절은 시인이 세계를 언제나 관계론적으로 사고하고 있음을 알려주기도 한다. 이러한 사고는 같은 시의 맨 마지막 행에서 "온 세상이 거울"이라는 인식으로 발전된다. 온 세상이 '나'와의 관계 속에 놓여 있으며, 또 그 관계를 통해 인식된다고 한다면, 그 세상의 사물들은 '나'의 특정한 속성을 반사해내기도 할 것이다. 몸 밖으로 나온 「공깃돌」에서의 '혹-공깃돌' 역시 이록현에겐 거울일 터, 그래서 그것은 "쏘아지는 눈빛들"을 갖고 있었던 것이다.

'러브정현러브'는, 자신의 필명처럼 재밌는 시편들을 선보이고 있다. 그 재미는 환상적인 이야기를 전개하는 데에서 온다. 두 편의 「시간도둑」 역시 그러한데, 그 서사 속에는 시간사냥꾼과 시간도둑의 긴장과 갈등이 내재해 있다. 주제는 삶에서 잃어버린 시간과 그 시간의 되찾기라고 하겠다. 이 시의 시적 화자는 꿈을 통해 소년 시절이 재생되면서, 환상적인 상황의 전개를 통해 그 소년은 삶의 흐름을 시적으로 압축하여 체험한다. 앞의 「시간도둑」이 시인이 자신 내부의 소년을 잃어버리는 과정을 보여주고 있다면, 뒤의 「시간도둑」은 그 잃어버린 소년을 시인이 '시간사냥꾼'이 되어 되찾는 과정을 보여주고 있다. 그러한 되찾음은 "와자작 갓 태어난 번개들이 시커먼 기둥 안에 빛나는 혈관들을 만들"면서, "번개의 신경들이" 열고 있는 "뜨거운 시간의 길"을 타고 "시간사냥꾼이 날아드는 순간"에 이루어진다. 이 순간에도 시간사냥꾼의 시간을 도둑질하고자 하는 "번개처럼 사냥꾼의 팔을 깨"무는 '시간도둑'과의 '투쟁'이 이루어진다.

「콧수염」이나 「우기」도 무척 재미있는 이야기를 독자에게 선사한다. 전자의 시는 "죽은 코미디언의 장례식장"에 가서 그 코미디언이 웃길 때 쓰던 콧수염을 사온 '친구ㅁ'의 이야기다. 그 콧수염을 산 이유는 학생들이 그를 "노잼노땅이라고" 놀려댔기 때문에 재미있는 사람이 되기 위해서였다. 정말로 그는 재미있는 사람이 되었지만, 이제 "잠시라도 콧수염을 떼면 내 인생은 풀이 죽고 어두워져/즐겁지 않은 시간들은 견딜 수가 없"게 되었으며, 결국 친구는 "마지막 공기 한 숨까지 웃"기다가 코미디언처럼 죽음을 맞이하여 "그가 죽음처럼 느껴진다는/컴컴한 침묵의 잠에 들었다"고 한다. 삶의 아이러니를 보여주는 이야기라고 하겠는데, 타인을 재밌게 하려다가 결국 자신의 삶을 소진하고 마는 익살꾼의 운명을 보여주고 있다. 여기서 흥미로운 지점은 콧수염이라는 상징적인 '사물-기표'가 그 친구의 삶의 운명을 뒤바꾼다는 점이다. 기표에 의해 삶이 이끌린다는 라캉주의적인 주제가 이 이야기에는 들어있는 것이다.

「우기」의 경우 마치 민간 전설과 같은 '장어'의 일생을 서정적인 동화처럼 이야기한다. 이 시에 등장하는 존재들 ─ 장어, 강물, 태풍, 그밖에 강과 바다의 어류들 ─ 은 동화에서처럼 모두 의인화된다. 이 시는 홍수의 연원에 대해서 설명하는 설화이기도 한데, 강과 사랑하는 "장어를 신나게 해주려고" 태풍은 "거센 비바람을 뿌"리는 것이며 이로 인해 "강물이 왈칵 넘치면서" 도시에 홍수가 났다는 것이었다. 그러나 장어는 선량한 존재자다. 사람들이 도망가는 것을 본 장어가, 아쉽지만 강물과 "삼 년에 한 번만 만나자고 약속"하는 것을 보면 말이다. 이러한 '러브정현러브'의 설화적인 이야기 만들기는, 「석정리집」에서 볼 수 있듯이 '석정리집 할머니'로부터 배운 것이었다. 그 할머니는 "도깨비에게는 꼭 돈을 꿔줘야 밤마다 도깨비가 돈 갚으러 찾아와 부자가 되고 도깨비에게 돈을 꾸면 밤마다 받으러 와서 일찍 죽으니 메밀묵을 주며 달래라는" '옛날이야기'를 "밤새 무를 깎으며" 해주셨던 분이다.

새벽에 일어나 군불을 때고
아침 점심 바람결에 해치우고 맑은 물 똑똑 떨어지게
그릇 엎어놓고서는 산밭에 훌쩍 올라가 밭을 매며
나물을 뜯고 호박꼬지며 무말랭이 까만 콩 도토리 참깻단을
햇빛에 말리고 터는 할머니의 손끝에서

나는 벌써 호박떡이며 순두부 호박콩범벅 도토리묵을 생각하고
아직 멀은 할아버지들 제사와 시루떡 메밀묵과 동치미 냉면까지도 그리워한다

발갛게 타오르는 아궁이 앞에서
토끼털을 뜯는 할머니 옆에 앉아
꼬박꼬박 졸다가 범벅이 먹고 싶다는 내 말에
끼니마다 죽 찾는 시어머니 식성에 밥도 하고 죽도 쑤다
이제 겨우 놓여났더니 오늘 다시
시어머니와 입맛 닮은 손주년을 만났구나 웃으시는 것도
석정리집에 놀러 가서
계피향 나는 수정과에 꿀 같은 곶감을 먹으며 좋아라고
밤새 무를 깎으며 옛날이야기를 하시는 석정리집 할머니와
함께 있는 겨울밤은 끝나지 않을 것만 같아 설레다가였다
—「석정리집」 후반부

할머니의 이야기는 먹는 것과 연결되어 있다. 먹는 것이나 이야기는 모두 입에서 나오는 것이기 때문일지도 모른다. 또 이야기를 듣는 일은 맛있는 음식을 듣는 것과 같은 것이기 때문일지 모른다. 그래서 '러브정현러브'의 석정리 할머니가 해준 옛날이야기에 대한 추억은 저렇듯 다채로운 먹을거리에 대한 추억을 동반하는 것이다.

한민규의 시편들에서는 '노래' 또는 '음악'과 삶의 관계를 다루

고 있는 부분이 눈에 띄었다. 가령, 「나는 알고 있다」에서 한민규는 "독한 약 뿌려대도/가실 줄 모"르는 "서랍 속 깊은 구석에 자리 잡은 곰팡이"로부터 "너의 노래를 꺼내 듣는"다. 그 곰팡이가 "설거지가 싫어요", "습기가 싫어요", "공장소리도 싫어요"라고 부르는 노래를 그는 듣고 있는 것인데, 이로부터 그는 "내가 지금까지 사산(死産)하는 것은/주체가 못 되어서라고 핑계를 대"보는 일종의 자기반성으로 나아간다. 「베토벤 현악4중주 15번」은 베토벤의 음악을 들으면서 그 음악에 내재되어 있는 의미를 뽑아내고 있다. 베토벤 후기 현악4중주 중에서 최고 걸작으로 평가받는 '현악4중주 15번'은 베토벤이 병마를 이겨낸 후 신에게 감사하는 마음을 담고 작곡한 것으로 알려져 있다. 이 곡에서 시적 화자는 "죽어가는 이도 참회하게 만드는/구원의 노래"를 듣는데, 그 구원이란 "이승이 좋"아서 "너무나 살고 싶"은 "삶의 욕망"을 품게 된다는 데 있다. 즉 '베토벤 현악4중주 15번'은 하늘의 신에 대한 찬양이라기보다는 이승과 삶의 욕망에 대한 찬양이라는 것이다. 그것은 이승에 내재해 있는 신, 즉 스피노자적인 신에 대한 찬양이다.("그 모든 영광이/풀의 꽃과 같"다는 말은 베토벤의 신이 어떠한 신인지 보여준다.) 이 시의 후반부에서 한민규는 다음과 같이 말하고 있다.

그래도
이 세상의
삼라만상의 근원은 사랑이라고.
시들어가는 꽃잎과

흔들리지 않는 고목에서
싹트는 새싹을 보더라도,

잊힌 유행가 가사를 소리 내 불러 보고,
김수영의 시만 보아도

이 세상은
사랑으로 구동되고 존재한다고

살고 싶다고

너무나 살고 싶다고,
똥칠을 해도
이승이 좋다고
—「베토벤 현악4중주 15번」 후반부

이승에서의 삶에 대한 욕망, "살고 싶다"는 욕망을 '사랑'이라고 말할 수 있을 것이다. "이 세상의/삼라만상"은 저 세상이 아니라 이승에 존재한다. 그런데 사랑은 생명의 근원으로서, "고목에서/싹트는 새싹"은 삶에 대한 사랑이 없으면 존재할 수 없다. 그렇기에 "이 세상은/사랑으로 구동되고 존재한다"는 철학적 명제가 성립된다. 이러한 욕망이 죽음 속에서도 삶이 움터 나온다는 희망을 가능하게 한다. 베토벤의 '현악4중주 15번'에서 한민규는 삶의 희망을 배우는 것일 텐데, 하지만 그의 세계관이 마냥 희망적이지는 않는 것 같다. 베토벤 역시 지독한 병치레를 통해 신생의 위대함을 몸소 알게 되었던 것일 터, 그는 세상과 자기 자신에 대해 쉽사리 믿음을 가지지 못하는 정신적 회의를 앓고 있는 듯이 보인다. 「길 2」에서 그가 음악의 장조를 빌어 "나를 생각한"바 도달한 것은, 위선과 위악과 실패, 사람과 사랑과 양심을 잃어버린 '나'다. 「거짓말」에서도 그는 '희망의 반대'에 대해 말하고 있다. 밤이라는 아버지와 새벽이라는 어머니의 자식인 그것은 "천사같이 보"이며 "도둑처럼 찾아"가서 '너'가 좌절하도록 '너'에게 꿈을 심어주는 무엇으로 나타난다.

하지만 그러한 부정적인 인식은 인간적인 성찰에 따른 것일 터, 인간의 "성찰은 찰나이고/욕망은 억겁"이라고 할 때 개체적인 인간의 삶을 넘어선 욕망의 힘은 "밤이 없"(「DV8 : 이상한 날」)다고 할 수 있을 것이다. 그렇기에 세계는 언제나 새로이 생성되고, 그래서 "본 적이 없는 꽃/하나뿐인 꽃"(「노래 2」)은 피어날 수 있다는 믿음을 가질 수 있다. 그렇기에 그가 만날 수 있으리라고 생각하는 "가보지 못한 나라"이자 "맨발로 처음 밟아보는 땅"에서, 그는 "처음 들어보는 노래/받아 적지 못할 노래"(같은 시)를 들을 수 있으리라는 희망을 시화(詩化)하고 있는 것이리라.

강수경의 시에서는 여러 연작시들을 펼쳐내고 있는 「내 가죽 내 가족」이 흥미롭다. 이 연작시는 영화의 씬(#로 표시되는)들과 같은 장면들이 편집(몽타주)되어 이루어져 있다. 이 시는 주로 '아버지'에 대한 기억과 연결되는 장면들을 보여주고 있는데, '소파'나 '식탁'과 같은 집의 실내 공간에 배치되어 있는 구체적인 사물들과 얽혀 있는 그 기억은 폭력과 위선, 무기력과 관련된 아버지의 매우 부정적인 이미지들로 현현하고 있다. ⟨# 거실⟩에 등장하는 아버지는 삶의 활력을 전혀 가지지 못하고 있는 존재다. 아버지의 행동을 정밀하게 묘사하고 있는 그 시에서, 오로지 "인조가죽으로 된 짙은 녹색 소파"만이 아버지의 위축될 대로 위축된 삶을 받아 안아주는 것처럼 보인다. 소파에 누운 아버지는 "거실이 어둑해져서야 눈을" 뜨고, "천장만을" 보고 있다. "아버지는 채비를 서두르지 않는" 것인데, "아버지를 부르거나 찾는 이, 기다리는 이가 없다는 것을 알고 있"기 때문이다. 그의 삶을 상징하는 것은, 그가 "소파에서 떨어져 나오자" "빠르게 그를 뒤쫓다 그만 놓쳐버"리는 '먼지들'처럼 덧없는 무엇이다.

⟨# 식탁⟩을 보면, '나'는 저 아버지를 증오하면서 사라지기를 욕망하는 아이인 듯하다. 아이가 사라지고자 욕망하는 것은 아버지의 폭력 때문인 것 같다. 아이는 폭력적인 아버지가 찾지 못하도록 아예 사라지고 싶어서 "식탁의자 아래에서 몸을 숨기곤 했"다는 것, "지금은 어떤 것도 아이를 안전하게 할 수 없어서 식탁의자 밑에" 숨어 "문만을 쳐다보고 있"었다는 것을 보면 그렇다. ⟨# 오후 3시⟩는 '아이'가 "우스꽝스러운 장면을 기대하며" 장난 전화를 해서 아버지에게 커피 배달 온 여자와 아버지가 대면하고 있는 어색한 모습을 묘사한다. "벽 아래로 몸을 낮"춘 아이의 눈앞에 "긴장만큼 야하지는 않"은 장면이 펼쳐졌지만, 이때만큼은 "아이는 겁이 없어도 되고, 사라지지 않아도" 되었다고 한다. 강수경은 이때의 '아버지'의 모

습을 "아버지의 팔은 그녀의 어깨를 휘말려 걸쳐진 채로 그의 손가락 끝이 그녀 옆으로 헐렁하게 늘어져 있다"라고 묘사한다. 그렇게 '헐렁하게 늘어'진 아버지의 팔이란 정신분석학적 의미에서 힘을 잃어버린 남근을 상징한다는 것을 쉬이 짐작할 수 있다. 그것은 이미 아이로부터 경멸받는 부권을 의미하며, 그러한 모습의 아버지였기에 아버지에 대한 겁이 사라질 수 있었다고 말할 수 있겠다. 아이에게 아버지는 그렇게 끔찍한 존재였는데, 아래의 〈# 방〉 부분은 아이와 아버지의 파손되어버린 관계를 압축적으로 드러내고 있다.

> 안에서 잠가버린 문고리가 떨리는 듯이 요란스럽게 움직이고 있다. 아내와 딸들은 문밖에서 잠긴 문을 열려고 집안의 모든 문의 키들을 한 번씩 넣어서 맞추려고 하지만 긴장한 탓에 쉽진 않다.
> 방 안에 아버지와 아이가 있다. 아버지는 뒷섬이 없이 가득하게 보이고, 아이는 잔 내 나는 공기에 그저 꿈적인다. 아버지의 말이 아이에게 들리지 않는다. 아버지의 말들은 섞갈려 있지 않고 뚝뚝하여 재차 아이를 꿈적이게 한다. 아이의 대답은 거짓이라 해도 이전과 같다. 아이는 아버지의 등 뒤로 꽂혀있는 책들의 제목들을 훑어본다. 꽂혀 있는 책들의 배열은 전에 봤던 것과 같이 가볍게 떠 있다. 그러다 아이의 눈은 그만 책장에서 떨어뜨리고, 다시 아버지의 얼굴로 돌아왔다.
>
> 목구멍 짓찧어진 곡이 더미가 되어 나온다.
> 헤진 가죽 같던 머리카락들이 간신히도 매달려 있던 것은 더는 아이를 괴롭히지 못한다..

—「내 가죽 내 가족」 부분

잠겨버린 방 안에 아버지와 아이가 있다. 아이는 아버지에게 혼나고 있는 것일까. 아버지의 말은 "아이에게 들리지 않"고 다만 "뚝뚝하여 재차 아이를 꿈적이게" 할 뿐, 아이는 예전과 똑같은 거짓을 대답하면서, "아버지의 등 뒤로 꽂혀있는 책들의 제목들을 훑어"보고 있는 중이다. 이 책들의 힘 때문일까, 다시 바라본 아버지의 얼굴에 달려 있던 그 "헤진 가죽 같던 머리카락들"이 "더 이상 아이를 괴롭히지 못한다"고 시적 화자는 말한다. 그런데 그가 이렇게 아버지에 대한 공포로부터 벗어날 수 있었던 것은 "목구멍 짓찧어진 곡이 더미가 되어 나온" 이후이다. 그 곡은 두려움을 찢고 터져 나온, 애증의 대상으로서의 아버지의 상징적 죽음을 애도하는 의미를 가진 것 아니겠는가. 그렇다면 이 시인에게 시 쓰기란 '목구멍 짓찧어진 곡'을 대리하는 행위라고도 할 수 있을 것 같다. '아버지'에 대한 저러한 묘사를 보면, 강수경의 시 쓰기는 그의 마음 깊이 자리하고 있는 아버지에 얽힌 어떤 상처의 기억을 풀어내기 위한 것임을 추측하게 된다.

마지막으로 서윤선의 시에 대해 언급할 차례이다. 그의 시에서는 강렬한 이미지를 차분한 어조로 전달한다는 특색을 느낄 수 있었다. 가령, 칠레의 수도를 시의 제목으로 삼은 「San tiago」는, 칠레와 아르헨티나와의 축구경기를 한국에서 텔레비전을 통해 시청하면서, 칠레 축구선수들로부터 "3만 명의 주검과 10만 명의 고통의 신음 소리가 유전자에 새겨진 용맹한 구릿빛 들소들"을 읽어낸다. 그 숫자는 피노체트 쿠데타에 의해 희생당한 사람들의 수를 가리킬 것이다. 시는 자연스럽게 피노체트의 군부에 의해 죽임을 당한 아옌데에 대한 추모로 진행된다. 서윤선에 따르면, 저 "성난 들소처럼 멈추지 않"는 칠레 축구선수들은, 압도적인 쿠데타군의 공격에도 불구하고 "마지막 권총 한 자루로 저항했던 아옌데와 19인의 전사들"의 후예들이다. 그때 일시적으로 피노체트가 승리했다고 하더라도, 역사는 결국 아옌데에게 승리를 안겨주었다. 아옌데는 현재 "산 티아구 광장에 누워있는" 거대한 조각품인 "검정뿔테의 깨진 안경"(작품 제목은 '당신은 이름이 없습니다'이다)으로 평온하게 존재하면서 만인의 추모 대상이 되고 있다. 이 시는 현재의 상황과 역사의 고통을 자연스럽게 오버랩 시키면서 폭력에 굴하지 않은 이들에 대한 기억을 독자에게 차분하게 환기시키고 추모한다. 그리고 이러한 차분한 진행 속에서, 이 시는 '화산 분화구의 불꽃'과 같은 강렬한 이미지들을 독특하게도 담담하게 전달하는 것이다.

「San tiago」에서도 얼핏 보았듯이, 서윤선은 흔적의 문제에 대해 관심을 기울인다. 「지구에 박힌 돌」는 단순한 문장의 변주와 반복을 통해 마치 추상화처럼 전개되는 시인데, 그는 이 시에서 "무의 우주 한 점마저 사라진 때" 모든 것이 사라진다고 하더라도, 그래서 "아름다운 향기도/결국 사라"지고 "기억이 사라"진다고 하더라도, "인간은 사라져도" "흔적은 남아/지구에 박힌 돌로 남아"있으리라고 말하고 있다. 이 시는 서윤선이 생각하고 있는 존재론을 보여준다. 그에 따르면, "1억 광년쯤 끊임없이 바람은 불" 것이어서, 이 세상은 "쌓이고 쌓인 그림위에 무한대의 그림들"로 이루어질 것이다. 이를 그림의 존재론이라고 말할 수 있지 않을까. 그런데 그 그림을 그리는 주체는 곧 그림의 대상이기도 하다. 즉 바람이 잎으로 잎을 그리면서 잎이 잎을 그리게 되는 것이다. 바람과 함께 만물이 만물 자신을 그려 낸 것이 이 세계다. (여기서 바람은 '시간'의 다른 말이다. 시간은 바람처럼 힘을 가지고 있고 질을 가지고 있다.) 그렇게 "우리 모두가 그린" 그림이 세계인데, 이 '세계-그림'은 "나이테의 흔적만 보이는 감추어진 그림들"로서 존재한다고 한다. 그것은 "혼돈의 기둥"이자 "퇴적의 기둥"이다. 그 '나이테의 흔적'만이 보이는 그림들은 우주의 혼돈이 퇴적되어 쌓여 이루어진 기둥이기도 한 것이다.

그래서 서윤선에게는 어떤 사물에서 삶의 흔적을 발견하기도 한다. 가령, "소파는 누가 앉던지 지속적으로 멍을 남길 것"(「장인의 소파 1」)이라고 할 때 소파가 남기는 멍 역시 삶의 흔적이라고 할 것이다. 이때의 소파란 '시간의 빈자리'라고 할 것이어서, 시인에 따르면 여기에 앉은 사람은 "잠재된 아픔을 안고 살아가는 것이고/언젠가는 몸에 음각의 흉터를 드러낼 것"이다. 세파에 노곤한 몸을 앉혔을 '시간의 빈자리-소파'는 그곳에 앉았던 이의 삶의 흉터를 드러내는 흔적 자체를 내장하고 있는 것이다. 또 '공깃돌'에서 "옹이 박힌 붉은 추억들"을 읽어내고는 "공깃돌처럼 멈춰버린 소녀"(「다시 이 땅에 태어나 — 공깃돌 答歌」)와 만나게 되는 것 역시, 시인이 사물에서 흔적을 발견하고 그 흔적에 퇴적되어 있는 삶의 시간들을 투시할 수 있었기 때문에 가능한 일이었을 것이다. 이를 보면, 서윤선은 시간이 흘러감에 따라 모든 것이 사라져도 어떤 영원성이 남는다고 생각하고 있음을 알 수 있다. 그 영원성은 흔적의 형태로 드러난다. 그는 그 영원성을 아래와 같은 강렬한 이미지로서도 형상화하고 있기도 하다.

파도와 바람은
불길을 흔들고 흔들어 흔들어버리지만
숨은
몸 길을 돌고 돌아서 부풀리고 전파하고
몸을 외면하고 사라지지만

이미
불로 태어난 장작더미
난파되지 않는 불꽃
불의 배
—「불의 배」 부분

'바람'과 '파도'에 의해 숨이 몸을 떠나버리고 사라졌어도, 영원히 난파되지 않는 배가 있다. 장작 그 자체가 불인 불꽃 — '불의 배' — 이 그것이다. 그 불꽃은 자신을 장작으로 삼아 타오른다. 장작이 불 자체이니, 이 불은 꺼질 수가 없다. 이 불꽃은 우주의 생명을 비유하는 것 아닐까. 모든 것, 모든 '몸'이 소멸해도 소멸할 수 없는 무엇이란 생명 자체, 숨 자체인 저 "불로 태어난 장작더미"라고 한다면 말이다. 사라져도 소멸하지 않는 생명의 영원성. 이러한 영원성은 자신의 화인을 남길 터인데, 그것이 바로 앞에서 보았던 혼돈과 퇴적의 기둥인 흔적이 아니겠는가. 이 불꽃의 영원성이야말로 이 세계가 존재할 수 있는 근원적인 바탕이며, 그 불꽃이 남겨놓은 흔적을 통해 우리는 이 세계가 어떻게 형성되었는가를 인식할 수 있는 것이다.

발문

'ㄱ의 자식들'의 첫 독자가 쓰는 글

성완경 (미학·예술평론가)

1.

이 책에 실린 시들은 시를 매개로 서로 알고 지내왔던 여덟 사람의 아마추어 시인들이 쓴 시들이다. 여덟 사람은 각자 사는 곳도 다르고 하는 일도 다른 다양한 사람들이다. 이중 넷이 문래동에 주거가 있거나 작업장을 두고 있다. 이들 중 둘은 시각예술가(강수경·이록현)이고 한 사람은 마을만들기 일꾼이자 환경운동가(최영식), 또 한 사람은 작곡가이자 음악감독(한민규)이다. 문래동 바로 옆 신길동에서 아이들을 가르치며 사는 부부(김태일·김정현)가 있고 시각예술가인 또 한 사람(선우원)은 현재 프랑스에 살고 있다. 성우이자 배우로 활동하고 있는 사람(서윤선)도 있다. 작년 봄 이래 그들은 비공개 카페에 서로 좋아하는 시를 올려놓고 그중 선택을 많이 받은 시에 대해 다시 짧은 형식의 시로 그 감흥을 옮겨 보기도 하고,

각자의 자작시들을 읽고 얘기 나누며 나눠 가지는 일을 해 왔다. 이 시들은 이런 과정에서 태어난 것들이다. 작년 겨울에 자작시 전시회를 열었고 그 일 년 뒤 이번에는 시집으로 묶게 되었다고 한다.

처음에 이 시들을 읽고 깜짝 놀랐다. 특히 최영식과 이록현의 시를 읽고 많이 놀랐다. 두 사람 다 내가 문래동 철공소 동네(문래동 예술촌이라고 불릴 때도 있다)에 살았을 적에 알고 지내던 분들이었고 한두 번 그 동네 전시에서 시를 본 적이 있었지만 제대로 정독할 기회는 없었다.

최영식의 경우 이 동네 철공소 사람들과 예술가들과 두루 친하게 지내고 이 동네 옥상텃밭운동의 시동을 걸었던 분인데 그 늘·청(늘 청년처럼 살고 싶다) 씨가 이렇게까지 시인이라니, 아니 이렇게까지 속속들이 예술가라니! 놀라운 일이었다. 아래의 시 두 편은 문래동이라는 장소성(철공소 동네의 쇳가루 냄새나는 어둡고 좁은 골목길과 그 속의 낮과 밤의 분위기!)과 6년 전 정년퇴직 후 성공적인 '인생이모작'의 삶을 일구어나가고 있는 늘-청 씨의 삶의 연륜과 체취가 묻어나는 시다. 나는 그가 아니면 쓰기 힘든 이 두 편의 시가 문래동이라는 공간을 여는 시로서 그리고 이 시집을 여는 서시로서 손색이 없다는 생각을 했다.

마지막으로 프레스가 트럭에 실려 나갔다. 점멸.점멸.

그의 삶도 묶인 끈에 엉켜 질질 끌려가고 있다.

비는 내리고 내뿜는 담배 한 모금에 뿌연 서리가 내린다.

빗방울은 오늘도 사선으로만 들이친다.

누렇게 바랜 고지서, 견적서, 야식 전단, 도면들 위에
굵은 신발 자국들이 지그재그로 소인처럼 찍혀 이리저리
휘몰리고, 뒹굴고, 비는 내리고—
휙—허공으로 새처럼 날아오르는 검은 비닐봉지,
헛바람이라도 불어넣어 날아오르던 그런 때가 있었다.
삶의 무게만큼 휘어진 등뼈, 삶의 밀도만큼 두터워진
손바닥, 삶의 고통만큼 나빠진 시력, 뭉텅이 채 뽑혀나간
머리칼, 지렁이처럼 튀어나온 힘줄, 깊게 팬 이마의 등고선,
퀭한 공간에 그는 〈ㄱ〉자로 접혀 있다.
00 공업사 간판도 비에 젖고, 플라타너스 잎은 이리저리
바람에 내몰리고, 검버섯 같은 각질도 마침내 흔들리고 …
비는 점점 세차게 긋고 있다.
물웅덩이에 쓸개즙같이 진한 구리스에서 천연덕스럽게
무지개가 피어나고 있다.
참 지랄 맞다. 멸.멸.멸,점.점.점
—「접히다」 전문

실업수당을 받으려면 한 달에 한 번 고용지원센터에 구직
활동 면담을 한다. 그동안 뭘 했는지 묻는다.
이곳저곳 방문해서 저 같은 이면지를 재활용하면 안 되나요.
싼값에 아직은 쓸만한데요.
정 마뜩잖으시면 메모지로 쓰셔도 좋고, 엎질러진 커피를
닦을 수도, 불쏘시개로도, 잘 구겨서 집어 던지는 놀이를
하셔도 됩니다. 코를 풀어도 전 괜찮답니다.

회사 인사담당자에게 뭐 이런 얘기 했는데요.

무슨 소리를 하시는 거예요.

자연보호캠페인은 봉사활동이지 구직활동이 아니라니까요.

뒤에 대기자 안 보이세요.

구직활동확인서나 명함 받았으면 그거나 내세요.

내시면 내일 입금됩니다.

돌아오는 길 구로세무서 앞에 걸려 있는 플래카드가

헛웃음 나게 한다.

〈힘내세요. 납세자 여러분, 사랑합니다. 구로세무서 직원 일동〉

실업자 수당 수령자 일동도 납세자 여러분을 사랑한다.

나도 납세자가 되고 싶다. 정말

—「짠하다」 전문

나는 늘-청 씨가 폼으로만 인생이모작을 한 게 아니라 구청이나 고용지원센터, 직업재교육기관 등을 찾아다니고 그런 곳에서 제공하는 여러 교육프로그램 무료 강좌를 십분 활용하고 하루의 일과를 재조직하면서 지금의 늘-청 씨의 모습을 만들어온 것을 알고 있다. 그래서 이 시가 각별하게 다가온다.

2.

「시간도둑」은 러브정현러브(김정현의 필명)의 작품이다. 같은 제목으로 쓴 두 편의 시인데 둘이 합쳐져 한 작품으로 읽힌다. 이 시는 한 소년과 한 40대 남자가 현실의 시간과 꿈속의 시간이라는 서로 반사하는 대칭적인 시공간 속을 오가며 서로 쫓고 쫓기는 구조로 되어있다. 유동하는 안개, 화산폭발과 붉은 용암, 그 속에서 헤엄치는 상어가 등장하고 그 상어를 낚시로 포획하려는 행위 속에서 시간을 도둑질하거나 사냥하며 쫓고 쫓기는 인간을 그려낸다. 시 전문을 소개하기에는 너무 길어서 내가 좀 축약해 소개한다.

내비고글을 쓰고 안개의 강이 흐르는 도시를 바라보며 그 위로 활강하는 소년, 갑자기 나타나 그 소년의 팔을 물고서 안갯속으로 사라지는 거대한 상어, 그 순간 잠에서 깨어난 소년이 거울을 본다. 거울 속엔 40대로 보이는 낯설고 익숙한 얼굴의 남자가 소년을 마주 보고 있다. 소년은 시간도둑이고 남자는 시간사냥꾼이다. 이번엔 시간 사냥꾼이 사막도로에서 시간도둑을 기다리고 있다. 붉은 거미가 초저녁에 만든 거미줄을 꼬아서 도로를 가로지른 후 팽팽하게 당겨 놓았다. 달이 지자 안개를 따라 도로를 질주하던 상어가 걸려들었다. 거미줄에 입이 걸린 상어는 켁! 소년의 팔을 토한다. 시간사냥꾼은 낡은 트럭에 시동을 걸고 날아오른다. 여기까지가 첫 번째 「시간도둑」 내용이다.

두 번째 「시간도둑」은 화산을 향해 달려가는 낡은 트럭 위에서 잠든 소년과 함께 시작한다. 미끼로 쓸 시고 붉은 자두를 옆 좌석에 싣고. 검은 연기를 뚫고 화산에 도착하니 시간사냥꾼을 시간의 빛 속으로 데려갈 융단상어가 바로 그 속 화산의 붉은 심장에서 헤엄치고 있다. 곧이어 달콤한 자두 향기에 취해 미끼를 덥석 문 융단상어가 등에 시간도둑과 팔을 단단히 묶고 날아오른다. 드디어 화산 폭발이 시작되고 시커먼 화산재기둥이 불끈 솟아 하늘까지 닿는다. 화사한 번개가 신경처럼 반짝이며 어둠 속에 퍼지고 와자작 갓 태어난 번개들이 시커먼 기둥 안에 빛나는 혈관들을 만들고 있는 속으로 시간사냥꾼이 날아든다. 그 순간 천둥소리에 놀란 시간도둑이 번개처럼 사냥꾼의 팔을 깨문다. 꽈지직. "깨어나세요." 목소리에 눈을 뜬다. 손가락을 움직인다. 팔을 만져본다. 모두 그대로 있다. "휴, 꿈이구나." 휘청대며 일어나서 시간사냥꾼은 거울을 본다. "이건?" 거울 속에는 낯설고 익숙한 소년이 있다. 꿈속에서 보았던 모습 그대로.

이처럼 이 시는 동일한 제명 아래 두 개의 대칭 구조가 서로를 반사하는 구조로 되어있다. 현실과 비현실이 교차하는 몽환적인 공간 속의 매끄러운 움직임과 시공간의 빠른 전환이 빼어난 아름다움을 뿜어낸다. 어느 정도는 나로서는 그 아름다움이 초현실적이고 몽환적인 세계와 현실계를 넘나드는 여정을 빼어난 그래피즘으로 형상화한 프랑스 만화가 뫼비우스(Moebius)의 SF 그래픽 노블을 떠올리게도 하는 바가 있다. 이를테면 「아르작」이나 「우회로」 같은 작품. 그와 유사한 힘이 잠재되어 있다고 느꼈다.

「콧수염」, 「석정리집」, 「우기」 같은 시에서도 역시 이야기꾼으로서의 힘이 시를 이끌어간다. 다만 여기에서는 그 호흡이 보다 평이하고 편안한 편이다. 「소나기 한 잔」에는 생의 환희가 있다. 삶의 갈증 혹은 삶의 의지이기도 한 것. 시가 그것을 불러내는 방법에는 여러 가지가 있을 터이다. 많은 시는 그것을 불러내는 주술이거나 그

것에 바쳐지는 헌사이기도 하다.

나는 선우원의 「발렌타인」과 「금은보화」를 그런 류의 환희를 불러일으키는 시로 읽었다. 그리 길지 않은 시니까 전문을 옮긴다.

발렌타인 새벽이오면
천벌의 새 옷을 걸치고
만인의 연인이 되려
막을 올린다.
—「발렌타인」 전문

은빛 챙그랑 스테인리스 숟가락이 스무 개
오목한 우물 안에 고인 녹슬지 않는 세상이 반짝인다
금 나와라와라 뚝딱
은 나와라와라 뚝딱

빨주노초파남보쭉쭉 잘 늘어나는 양말이 오십 쪽
옆으로 나란히 누운 모양새가 사이좋다
금 나와라와라 뚝딱
은 나와라와라 뚝딱

새빨간 플라스틱 통속에 탱탱 크림이 백통
부드러운 하얀 속살에 슥 미끄러진다
금 나와라와라 뚝딱

은 나와라와라 뚝딱

수리수리마하수리 요술보따리를 펼치면
금 나와라와라 뚜욱딱
은 나와라와라 뚜욱딱
—「금은보화」 전문

시라는 것은 무엇인가. 나는 그 답을 모른다. 그러나 가능한 답의 하나를 이 두 편의 시가 나에게 새삼 일깨우는 바가 있다. 그것은 쉽고 짧으며 그림처럼 선명한 것이 마법처럼 순식간에 우리 마음을 삶의 광채로 환하게 가득 채운다는 것이다. 어쩌면 여기서 짧다는 것, 쉽다는 것, 마법적이라는 것이 그 작용의 중요한 조건일 수 있다. 마치 이 책에 수록된 이록현의 「여섯 개의 사물시」가 '시집'에 관해 이렇게 재치 있게 정의하고 있는 것처럼, 그리고 그것이 시에 대한 우리의 오래된 기대치인 것처럼 말이다.

사물시 2. 시집
알기 쉬운 길이를 가졌다고 믿게 해준다.
—「여섯 개의 사물시」 부분

나는 선우원의 「발렌타인」과 「금은보화」가 편안한 호흡과 노래 부르기 같은 율동으로 시 쓰기-시 읽기의 본질적 덕성과 삶의 보편적 광휘를 담뿍 뿜어내고 있다고 생각한다.

은빛 챙그랑 스테인레스 숟가락 스무 개와 그 스무 개 오목한 우물 안에 담긴 녹슬지 않는 반짝이는 세상/ 옆으로 나란히 사이좋게 누운 쭉쭉 잘 늘어나는 무지갯빛 양말 오십 쪽/ 부드러운 하얀 속살에 슥 미끄러질 새빨간 플라스틱 통 속의 탱탱 크림 백통…이 얼마나 아름다운 화엄 풍경인가. 그야말로 녹슬지 않는 반짝이는 세상의 빛나는 낙천성이 돌연히 새롭게 세워지는 느낌이다. 세속적 행복의 품목이면서 삶의 정서의 튼튼한 토대인 그것이 말이다. 금 나와라와라 뚜욱딱 은 나와라와라 뚜욱딱.

그리고 이 낙천성은 앞서도 말했듯이 러브정현러브의 「소나기 한 잔」이 불러일으키는 생의 환희와 상통하는 바가 있다.

입술에 남은 하얀 거품은 혀로 핥아 맛보는
시원하고 짭짤한 소나기 맥주
여기 한 잔 더 !
—「소나기 한 잔」 부분

3.

사랑과 그리움이라는 주제는 시의 영원한 고향이라 할 만하다. 위에 언급한 선우원의 「Au Schlusselad」와 「Carte postale」은 그리움의 연시다.

이곳저곳에서 난 너를 봐
내 방의 천장 위에서도
한 번 틈새가 열리면
그건 불가사의한 공간을 이어주는 다리에 불과해

때로 난
팔을 치켜들고 왼쪽, 오른쪽으로 흔들어봐

혹 네가 날 볼 수 있지 않을까?
—「Carte postale」 부분

김태일의 경우는 이것이 「환생」이나 「하루만의 이별」 같은 애틋한 부부의 정으로 변주되며 재확인된다. 김태일의 시에서 나는 전반적으로 매우 따뜻하고 부드러운 감성을 발견한다.

장장 가뭄 끝에 여우비 그친 아침의 마음을 그린 「여우비와 갈비 냄새」가 그렇고 이제 갓 유치원에 들어간 조카딸과 함께 바다에 가서 종일 파도를 보고 또 보다가 돌아온 날의 심정을 담은 「파도와 엉터리 화가」가 그렇다.

나는 그리고 또 그린다.

바다가, 아니 달과 해와 이 땅덩이가
만든 파도의 무한한 파동, 떨림을 그릴 수 있다면

이 온갖 있는 것들, 숨 쉬는 것들, 움직이는 것들의
거죽과 살과 그 안에 깃든 뼈와 그 존재의 바탕을
알 것만 같아

나는 그리고 또 그린다.

하나 나는 손끝이 무딘 엉터리화가.
시시각각 변하는 파도의 그 뒤바뀜을
도저히 따를 도리가 없는 엉터리 화가.

머리를 익혀버릴 듯한 햇볕보다
더 뜨거운 무력감과 분노에
얼굴이 불타오를 때쯤.

지켜보던 조카딸이 말한다.
"삼촌 파도가 자꾸 그림을 지우잖아."
"파도 안 오는 곳에 그리란 말이야."
—「파도와 엉터리 화가」 부분

그러나 그의 시 전체에서 내가 제일 좋아하는 것은 「박쥐」다. 이 시는 유하의 「오징어」를 향한 변주라는 토를 달고 있다.

눈앞의 저 어둠

캄캄한 저 어둠
그러나 저건 생명이다.
믿으라
모오든 출구 없는 어둠을!
—「박쥐」 전문

이 시를 읽고 두 번 무릎을 쳤다. 첫 번째는 유하의 「오징어」를 모른 채 읽었을 때고 두 번째는 그것을 찾아 읽고 다시 「박쥐」를 읽었을 때다.

「박쥐」는 유하의 「오징어」를 물리적으로 그대로 뒤집은 것이다(빛과 죽음 → 어둠과 생명). 유하의 원문은 이렇다.

눈앞의 저 빛!
찬란한 저 빛!
그러나
저건 죽음이다.

의심하라
모오든 광명을!

모오든 광명을!
—유하, 「오징어—여는시」 전문

첫 번째 유하의 「오징어」와 연관 없이 「박쥐」를 읽었을 때 나는 이 시의 간결함과 그 내용의 시적 차원 그리고 진리성에 감탄하며 쾌재를 불렀다. 사실 나는 어둠이 밝음보다 더 시적이라고 느낀다. 그리고 과학적으로 설명해도 어둠이 생명 잉태의 조건이라는 점에서 어둠의 세계가 빛의 세계보다 더 우위에 있을 뿐 아니라 더 근원적이라고 생각한다.

두 번째로 「오징어」를 찾아 읽고 다시 「박쥐」를 읽었을 때는 이와 좀 달랐다. 우선 나는 「오징어」가 계몽적 톤이고 좀 건조하다고 느꼈다. 내용에는 동의하나 좀 평면적이고 건조하다고 느꼈다. 아마도 밝은 촉수의 유인등을 켜고 하는 오징어잡이의 맥락에 대한 환기가 너무 강하고 직접적으로 연상되었기 때문일 것이다. 철학자 강신주는 시 「오징어」에서 빛이 의미하는 바는 "자본주의 소비문화를 빗댄 것이다. 죽는걸 알면서도 간다. '죽기 싫어' 가 '죽어도 좋다'의 단계까지 간 것이다."(강신주, 「철학적 시 읽기」)라고 현대 자본주의 소비문화에 대한 비판의 경계에 연결시켜 본 것 같다. 나도 이 해석에 대체로 동의한다. 그러나 시적 흥취는 다른 차원의 문제로 남는 것이라고 생각한다.

이 점 때문인지 시 「오징어」를 알고 다시 「박쥐」를 읽었을 때도 「박쥐」에 대한 내 감흥은 줄어들지 않았다. 오히려 더 견고해졌다. 김태일의 「박쥐」는 말하자면 나에게 「오징어」의 성공적인 패러디일 뿐만 아니라 원작을 능가하는 진리성과 시적 차원을 나에게 선사한 시로서 받아들여졌다.

4.

작곡가이자 음악감독인 한민규는 자기 직업의 자의식을 웅얼거리거나 자신의 삶에 대한 내적 성찰을 토해내기도 한다.

저 노래를 여자들이 참 좋아한다고
낄낄대다가
내가 지금까지 사산(死産)하는 것은
주체가 못 되어서라고 핑계를 대본다.
아니,
사상(思想)을 못 하는 것은 나태 때문이라고 생각을 한다.
아니, 노래를 못 하는 거였나?
—「나는 알고 있다」 부분

"C로 시작해서 나를 생각한다"로 시작하는 그의 「길 2」는 말하자면 자신의 인생에 대한 자기 성찰을 담은 시라고 하겠는데 오르내리는 삶의 부침과 굴곡들이 마치 오선지 위의 음표들처럼 오르내린다. 일단 그 형식의 단순함과 추상성, 음악성이 인상적이다. 그러나 더 주의해 보면(나는 실제로 오선지 위에 이 7음계를 그려가며 이 시어들을 다시 음미해봤다) 이 7음의 점진적 상승과 마지막의 급전 추락이 의미하는 바가 예사롭지 않음을 알게 된다.

자가 성찰을 시작했으나 위선과 위악으로 얼버무리다가 실패하고, 여기에 사람을 잃고 사랑을 잃고 양심도 잃는 사태까지 간다.

그리고 나서 다시 출발지점으로 돌아온 자신을 발견한다.

C로 시작해서
나를 생각한다

D로 들어가
위선을 칠하고

E로 올라가
위악을 바른다

F로 넘어가
실패를 하고

G로 비켜서
사람을 잃고

A로 빠져서
사랑을 잃는다

B로 떨어져
양심을 잃는다.

이제

C로 돌아가 나는
내가 된다.
—「길2」 전문

C로 돌아가 그가 다시 발견하는 것은 무엇이었을까.

그래도
이 세상의
삼라만상의 근원은 사랑이라고.
시들어가는 꽃잎과
흔들리지 않는 고목에서
싹트는 새싹을 보더라도,

잊힌 유행가 가사를 소리 내 불러 보고,
김수영의 시만 보아도

이 세상은
사랑으로 구동되고 존재한다고

살고 싶다고

너무나 살고 싶다고, 똥칠해도
이승이 좋다고
—「베토벤 현악4중주 15번」 부분

이처럼 사랑으로 움직이는 이 세상을 긍정하며 "너무나 살고 싶다고, 똥칠해도 이승이 좋다고" 외치는 시인. 앞서 말한 처음으로 다시 돌아옴이, 그 순환구조가 예사롭지 않다는 것이 이 때문이다.

서윤선의 시는 세계사적 지식들과 뉴스들과 현대의 신화들을 마치 랩 가사처럼 숨가쁜 서사로 토해내며 그 갈피갈피에 서정적 로망이나 트랜디한 생태적 사유 혹은 정치 비평도 끼워넣는다. 다시 말하자면 여기엔 적당한 만큼의 월드뉴스와 글로벌 엔터테인먼트, 청년문화, 예술가적 객기와 순수성의 폼이 어울려진 랩 뮤직 같은 분위기가 있다. 때로는 노인의 개똥철학과 시인의 서정이 자리를 비집고 들어오기도 한다.

이를테면 2015년 산티아고의 산티아고 경기장에서 있었던 월드컵 결승전 아르헨티나 대 칠레전을 회고하며 여기에 1970년대 초 아옌데와 피노체트라는 칠레 현대정치사의 비극에 대한 기억을 믹스해 넣는 식이다. 1971년 칠레 최초의 합법적 국민투표로 등장한 좌파 대통령 아옌데와 3년 후 군부 쿠데타로 그를 살해하고 우파정권을 세우며 수천수만의 국민을 살해하고 암장하고 고문하는 추악한 공포정치를 펼쳤던 악명 높은 피노체트에 대한 기억이 산티에고 경기장의 "아옌데와 피노체트 / 기울 듯 말 듯한 축구장에 / 그들을 닮은 사람들 / 메시를 즐거워하는 사람들 / 그리고 용맹한 구릿빛 들소들"(「San tiago」 부분)에 대한 열광과 예찬으로 믹스된다.

「친구여 내가 죽거든」도 마찬가지다. 여기서는 좀 더 수다스럽고 청년문화적이다. 넋두리와 냉소와 욕설이 뒤섞이기도 한다.

친구여 내가 죽거든
우주선을 관으로 삼아 전 세계로 생중계해줘
(……)
친구여 내가 죽거든 쇼를 보여줘
(……)
친구여 내가 죽거든
인터스텔라 영화처럼 우주 왕복선 필요없고
편도로 날 보내줘
분리수거는 필요하잖아
쓰레기는 너희가 치워야지
—「친구여 내가 죽거든」 부분

이렇게 나가다가 '추신' 속에서 냉전체제와 종북몰이에 대한 질타와 조롱을 가하면서 마지막으로 체제의 주구가 되어버린 KBS나 종편방송 등 미디어들의 이름을 열거하며 그들에 대한 욕설로 시를 마감한다.

마지막으로 욕한마디하고 갈게
씨발 좆까고 사람 물건 취급좀 하지마라
그러니까 호킹박사가 말하자나
인공지능 로봇이나 만들어 100년 안에 인간들 다 되질거라고
—「친구여 내가 죽거든」 후반부

「지구에 박힌 돌」에는 억만년 시간의 스케일에서 그려지는 아름다운 회화가 있다. 「조약돌」에도 그런 자연의 시간을 응시하는 시선이 있다. 무한 피드백을 반복하는 파도 소리와 물과 자갈의 움직임을 그려낸 처음 일곱 행은 그대로 회화이고 음악이다. 여기에 (사랑인 듯 몰려와/ 나에게서 한 선을 튕겨/ 그대의 눈을 찌르고 / 나의 눈을 찌르는) 빛의 이미지가 중첩되면서 시가 신화적 차원을 얻는 한편 마지막 두 행으로(풀려가는 모래시계처럼 /부드러운 체인의 자전거 두 바퀴처럼) 부드럽고 아름답게 마무리된다.

파도 소리에
구르고 깎이고
파도 소리에
내려앉아 깨지어

다시
부서질 듯
일렁이는 밀물의 찰라

빛은
사랑인 듯 몰려와
나에게서 한 선을 튕겨
그대의 눈을 찌르고
나의 눈을 찌르네

풀려가는 모래시계처럼

부드러운 체인의 자전거 두 바퀴처럼

―「조약돌」 전문

「불의 배」는 "어미의 자궁에서 불로 태어난/ 이미/ 불꽃으로 태어난 생명의 불꽃 (……)/ 난파되지 않는 불꽃이/ (……) 고래 같은 큰 숨을 깊이 들이켜고 내뱉어 가며 거친 바다를 헤쳐가는" 독특한 이미지 속에 불의 이미지와 물의 이미지를 결합시켰다. 「장인의 소파1」과 「장인의 소파2」처럼 일상 사물에 대한 응시가 구시렁거리는 소리로 풀어져 나온 시도 있다.

5.

강수경의 시들은 아마도 이 시집 전체에서 가장 직설적으로, 슬프고 절망적이고 도발적인 톤으로 자신의 주변에 대해 특히 가족 관계의 현실과 그 폭력성에 대해 발언하는 시다. 따지고 보면 대한민국에서 가장 핫하고 리얼한 토픽이 될 수 있는 주제이기도 하다. 그 세계가 때로는 아이는 눈으로 때로는 자신이나 다른 어른의 눈으로 그려진다. 여기엔 무언가 폭력적이고 출구 없는 현실의 암울함이 있다. 그리고 그것은 늘 타인(가족, 친구, 이웃 등)과의 관계에서 기원되고 표현되는 억압이나 폭력이다. 「말값」은 그 한 단면을 보여준다.

내게 해준다는 말이라는 건 그런 것들이었을 거다.
두툼하게 문지르고, 쓸어주고, 만지작거리는 너스레.
네 형상을 키우는 뒤척거림만 나서게 했다.
다음날 생각하게 되었다.
세차게 퍼부어버린 어제가 잘못되었다.
나는 너스레를 배워버린 것이다.
나는 절망을 모르는 사람이다.
어제가 깊음을 알고도 퍼부어 버렸다.
—「말값」 전문

「내 가죽 내 가족」은 #거실 #식탁 #오후 3시 #크림빵 #사촌동생 #방 #막내이모 이렇게 7개 소제목 혹은 7개 신으로 구성된 시다. 원문이 좀 길기 때문에 내 나름으로 좀 줄여서 그 장면들만 서술하면 이렇다.

거실_아버지는 가끔씩 머리를 저을 뿐 다른 것 없이 거실 소파에 누워있다. 인조가죽으로 된 짙은 녹색 소파의 팔걸이는 아버지가 머리를 붙이고 닿는 곳이라 닳아져 가죽 아래 실들이 끊어져 나와 있다. (……)

식탁_ (……) 지금은 어떤 것도 아이를 안전하게 할 수 없어서 아이는 식탁 의자 밑에서 의자다리를 끌어당겨 제 몸을 숨기며 문만을 쳐다보

고 있다. (……)

오후 3시_다른 아이들과 집 옥상에 올라가서 도로 맞은편 간판에 적혀진 전화번호를 눌러서 옆집 금은방으로 커피를 배달해 달라고 장난을 친 적이 있었다. (……) 그런 다음, 다른 아이들과 그 우스꽝스러운 장면을 기대하며 벽 아래로 몸을 낮추었다. (……)

크림빵_딸아이에게 연줄얼레에다 지렁이 몇 마리 물려 손에 쥐어주었다. 기대에 찬 딸아이는 얼레 끝만 자꾸만 보더니 바다에 던졌던 지렁이를 빼고 혼자서 다시 새 지렁이를 상자에서 꺼내 허리를 자르고 손끝을 야무지게 하여 낚싯바늘에 꿴다. (……)

사촌동생_사촌과 버스를 탔다.

"우리 아빠는 너네보다 더해. 그냥 앞도 안보고 손에 잡히는 데로 막 던진다"

"우리 아빠는 진짜 화나면 주방 가서 칼도 가지고 온다"

"아니야. 전에는 씩씩대더니 칼로 찌르는 시늉도 했어"

"아니야. 우리 집은 맨 날 그 꼴이야"

"암튼 무지막지한 개새끼야"

"난 너보다 정말 더 싫어. 죽여 버리고 싶어"

방_안에서 잠가버린 문고리가 떨리는 듯이 요란스럽게 움직이고 있다. 아내와 딸들은 문 밖에서 잠긴 문을 열려고 집안의 모든 문의 키들을 한 번씩 넣어서 맞추려고 하지만 긴장한 탓에 쉽진 않다. (……) 방

안에 아버지와 아이가 있다. (……)

막내이모_막내이모가 전화를 붙잡고 애원하고 있었다. 마지막 부탁이라고, 이번이 마지막 부탁이니 한번만 내려와 달라고 말하고 있었다. 젊은 여자와 바람이 나서 이모와의 이혼을 원하던 이모부에게 이혼을 해주지 않는다는 이유로 밤마다 맞았다던 막내이모가 빌고 있었다.
나는 애원하던 막내이모를 지나서 외할아버지를 모신 지하 장례식장으로 내려갔다.
—「내 가족 내 가축」 부분

여기엔 시나리오나 희곡 혹은 연극이 가미된 설치미술 같은 서사의 물리적 차원이 두드러지게 감지된다. 그리고 이런 장면, 등장인물, 대사 들이 몸서리치리만큼 리얼하게 우리 주변의 만성화된 비참과 폭력의 느낌을 불러일으킨다. 실제 강수경은 「내 가축 내 가족」이라는 같은 제목의 설치미술을 문래동의 한 전시장(대안공간 이포의 〈내용증명〉전)에서 작년에 선보인 바 있다.

6.

시각예술가이자 시인으로 이록현의 작업에서 중요한 특징으로 그리고 깊은 특징으로 감지되는 것은 우선 세상을 보는 시선이다. 곧 세상에 대해 품는 감정이나 태도이다. 기본적으로 그것은 작은 것,

낮은 것, 연약한 것에 대한 공감적이고 참여적인 감정이다. 그것은 이를테면 「만물의 걸음걸이」에서처럼 '조용한 보행자'들을 바라보며 그들이 어디로 가는지(어떤 삶을 살게 될지), 걱정스러운 눈빛으로 바라보는 시선이다. "어디로 가야 할지 모르는 얼굴로 남의 속으로 들어가지 않는 육신으로 행렬을 기다리는 거냐고 세계에 있는 모든 너에게 묻고 싶어하는" 그런 시선이다. 시의 전문은 다음과 같다.

우리는 (모두는 아니다)
가끔 조용한 보행자들을
바라보는 기회를 갖곤 하는데
보폭이 너무 크거나 오히려 너무 작아
또는 걸음이 내는 소리가
너무 크거나 너무 작아
주의를 기울인 이들조차
보행자들이 지나간 방향을
가늠하지 못할 때가 많다
그렇다손 치더라도
조용한 보행자들의 여정을
걱정하는 이들은 아무도 없다
어디로 가야 할지 모르는 얼굴로
남의 속으로 들어가지 않는 육신으로
행렬을 기다리는 거냐고
세계에 있는 모든 너에게

묻고 싶어 하는 이들이
땅을 뒤채고 있을 뿐이다
—「만물의 걸음걸이」 전문

여기에서 "세계에 있는 모든 '너' "는 작가가 각주를 달았듯이 "마르틴 부버(Martin Buber, 1878~1965)가 그의 저서 『나와 너』(*Ich und Du*)"에서 말하듯이 "그 본질상 우리에 대하여 사물이 되거나 아니면 다시 물성으로 돌아가지 않을 수 없는, 세계에 있는 모든 '너'인 것이다."

공감은 이록현 시의 중요한 지향점이자 가치관적 기반이다. 「만물의 걸음걸이」에서 "세계에 있는 모든 너에게/ 묻고 싶어 하는 이들이/땅을 뒤채고 있"는 이유도 그 때문이라 할 것이다. 4행으로 된 짧은 시 「익사」의 주제도 역시 그것이다.

웃는 애기 옆에
우는 애기를 갖다 놓으면
웃던 애기가 따라 울었다
옛날에는
—「익사」 전문

이 공감은 또한 그의 「여섯 개의 사물시」에서 보는 우리 가까이의 일상 속 존재/사물들처럼 고단하고 연약하고 이름 없는 작은 것들에 대한 감응력이기도 하다.

사물시 1. 종이
종이를 제일 많이 만지는 이는 할머니들이다
(……)

사물시 5. 화분
키우고 있는 것은 우리가 전혀 모르는 것일 때가 많다.
—「여섯 개의 사물시」 부분

이록현의 시에 대체로 공통적인 또 하나의 특징은 시에 담긴 의미가 중의적(혹은 다의적)이라는 것이다.

사물시 6. 포크레인
심성이 순한 짐승으로 오인되어
뭇 짐승들과 빨리 친해질 가능성이 있다.
—「여섯 개의 사물시」 부분

이 시속에 가로놓여 있는 짐승이라는 단어의 중의성을 떠나 이 시가 온전히 이해될 수 있을까? 포크레인은 힘이 센 기계다. 그러나 인간이 조작(운전)에 피동적으로 순응하는 한 그것은 순한 짐승이나 다름없다. 뒤의 뭇짐승을 자본이나 대기업으로 혹은 권력으로 곧 약육강식이 판치는 세상 속의 진짜 무서운 짐승들 치환시켜 상상하든 아니든 그것은 당신의 자유다. 그러나 그 상상력이 없으면 이 시는 성립될 수도 없을 것이다. 나로서는 더 나아가 친해질 가능성이 있다 라는 구절의 '친해지다'라는 말에서 노동과 자본의 사회적 관계에 연관된 온갖 가능한 서사(비정규직, 갑질, 부당해고, 산재, 난개발, 국토훼손, 토건귀족 등)까지 떠오르는 편이다.

이록현의 시들은 대체로 섬세하고 미묘하며 좀 난해한 편이다. 「공깃돌」고 그렇고 「떨구는 시간」도 그렇다. 「오늘」이나 「인사」역시 마찬가지다. 지면의 제한상 이 가운데 「공깃돌」만 추가로 언급하면서 글을 마치기로 한다. 이 시는 작가가 실제로 자기 몸에 생긴 돌 같은 혹을 떼어내는 병원 시술을 받은 후 쓴 시라고 한다. 작가는 이 떼어낸 혹을 돌 → 공깃돌 → 공기놀이로 연결시킨다. 그리고 '떨어져 나와서야 비로소 무게를 가지게 된 돌들'에 관해 사유한다.

> 돌 같은 혹들이었다고 했다 몸에 붙어 있을 때는 혹이었지만 떼어져 나온 이상 이젠 돌이라 불러도 될 것 같다 그것도 무게조차 못 느꼈던 돌들이었기에 공깃돌이라고 불러야겠다

로 시작하는 이 시는 이어서

> 난 얼마나 많은 것에 제 무게를 달아주지 못해 이런 돌들을 키운 것일까 떨어져 나와서야 비로소 무게를 가지게 된 돌들을 오래전 먼지를 재워가며 던졌다 잡아챈 그 공깃돌들이라 부를 수 없다는 건 안다 하지만 이 돌들 역시 한 번쯤은 희디흰 해 아래서 던져지고 놀려지고 싶었을지도 모른다 쏘아지는 눈빛들 가운데서 한번 반짝 몸으로 가르는 선 들을 갖고 싶어 했을지도 모른다

로 이어지며,

> 난 다음 고개로 갈 수 있을 것이다 손안에 방금 잡혀 든 돌들이 사소하게 던져질 순 있어도 넘어질 것은 아니라고 말해주었기에

로 끝난다.

마지막 연의 "넘어질 것은 아니라"는 말이 중요한 것 같다. 넘어진다는 것은 공기놀이에서 다음 고개로 가는 것이 실패하는 것을 뜻한다. 그러고 보면 이록현의 시세계에서는 이미 앞서 살핀 「만물의 걸음걸이」에서 그랬듯이 '넘어지지 않도록 살핀다'는 것이 중요한 일인 것 같다. '넘어지지 않고 제대로 걷는 것' 혹은 '넘어지는 게 아니라 넘어가는 것'을 상상하거나 그렇게 되도록 돕는 것 말이다. 그것이 단순한 언어유희로 끝나지 않고, 세상과 소통하며 공감의 언어를 세우는 빛나는 여정으로 이어지기를 기대한다.